임이여!
하수를 건너지 마오

임이여!
하수를 건너지 마오

尹浩鎭 編譯

보고사

「箜篌引」 작품집을 펴내며

「공후인」은 우리나라 최초의 시가이다. 물론 이것을 우리 문학사에 편입하느냐 마느냐 하는 문제는 여전히 논쟁거리로 남아 있기는 하지만, 이것을 대체로 우리 문학작품으로 보고, 한문학사의 혹은 국문학사의 첫머리를 이것으로 장식하는 경우가 많다. 그리고 이 작품에 대해 대다수의 중국 문인들은 자신들과는 다른 조선인의 작품으로 차별하여 언급하고 있을 볼 수 있다.

이 작품은 이처럼 우리 민족과 직접 관련이 있는 가장 이른 시기의 작품이라는 점, 그리고 이것의 국적 문제를 어떻게 결정할 것인가 하는 것 이외에도 문학사에서 관심을 가질 만한 몇 가지 이유가 있다. 작품의 작자와 성격, 그리고 이 작품이 지어지게 된 배경 등등 이 작품의 생성과 해석에 관한 많은 논란이 있을 수 있다. 그래서 지금까지의 관심은 이것에 집중되어 있었다고 할 수 있다.

그런데 이 작품을 우리나라 것으로 인정을 하고 나면, 우리나라 작품으로서 중국 사람들의 관심을 이처럼 지속적으로 끌고 있는 작품이 또 있을까 하는 점이 무엇보다 중요한 문제로 떠오른다. 다시

말해서, 이 작품은 작품이 지어진 뒤 얼마 지나지 않아 중국문학사의 저명한 인물들에게 받아들여서 재창조되었고, 이러한 현상이 청조까지 이어졌다는 것이다.

우리가 흔히 우리 문학과 중국문학의 사이에서 일어났던 상호 영향과 수용의 관계에 있어, 일방적으로 영향만을 받았던 것은 아니고, 우리가 중국의 것을 우리에게 필요한 것만을 선별 수용하였다고 하고, 더 나아가서는 우리에게 중국에 영향을 미친 예를 들기도 한다. 그러나 이러한 예는 그리 흔하지 않으며, 이러한 예가 있더라도 일시적인 경우가 많다.

이를 테면, 김만중(金萬重)의 「구운몽(九雲夢)」이 중국에 흘러들어가 「구운기(九雲記)」라는 작품으로 만들어 진다는 것을 일례로 들 수 있다. 하지만, 「구운기」가 지어진 것이 「구운몽」의 뒤이므로 틀림없이 「구운몽」의 영향을 받아 지어진 것이라는 것을 추론할 뿐이다. 「구운몽」이 중국에 영향을 주었다고 해도, 그 영향은 「구운기」가 지어진 그 사실뿐이지, 그 밖에 영향의 흔적을 찾을 수 있는 것은 아무 것도 없다.

그러나 「공후인」은 이와는 크게 다르다. 이 작품이 공연(孔衍)의 『금조(琴操)』 혹은 최표(崔豹)의 『고금주(古今注)』에 수록되어 전해지기 이전, 즉 후한 말 조조(曹操)가 아직 후사를 정하지 못한 시기에 이미 조식(曹植)의 「공후인」이 있으며, 당대 이전에도 몇몇 사람들에 의해 지어졌고, 당나라 시기에 들어와서는 이백(李白)·왕창령(王昌齡)·이하(李賀) 등 우리에게도 익숙한 당대의 대표적인 문인들이 이 작품을 따라서 시를 지었던 것이다.

이러한 현상은 송나라 때 와서 더욱 활발해졌다고 할 수 있다. 송나라 때에는 당나라 때보다 훨씬 많은 작가가 「공무도하」 혹은 「공후요」 계열의 작품을 짓고 있다. 명나라 때에도 후인을 따라 짓는 경향이 수그러들지 않아 송나라와 비슷하게 많은 작품을 남기고 있다. 비록 청대에 들어와서는 크게 그 숫자가 줄어든 것을 확인할 수 있지만, 이처럼 하나의 작품이 중국의 문인들에게 오랜 세월동안 지속적으로 받아들여져서 재창조된 경우는 우리 문학사에서 전무후무한 일이다.

그럼에도 불구하고 우리 문학연구에서 이러한 점에 주의를 하지 않은 것은 유감스런 일이라 하겠다. 최근 들어 「공후인」 연구의 지평을 넓히기 위해 후한 이후의 「공무도하」 혹은 「공후요」 계열의 작품을 「공후인」 해석의 자료로 활용하는 예가 많아졌다. 하지만, 아직까지도 이러한 계열의 작품으로 어떠한 것들이 얼마나 있는지 파악조차 되지 않고 있다.

이에 필자는 수년 전부터 우선 「공무도하」 혹은 「공후요」 계열의 작품을 가능한 모두 모으고, 이것을 쉽게 활용할 수 있도록 번역을 하고 주석을 하는 일을 진행해 왔다. 그러나 그간의 작업에서 중국의 수많은 작품집 가운데 이러한 계열의 작품을 모으는 일이 여간 어려운 일이 아니었다. 그러던 차에 다행히 전자판 『사고전서』를 이용하여 『사고전서』에 있는 공후인 계열의 작품을 모두 검색하여 찾아내고 그것을 추가로 입력하고 번역할 수 있었다.

이렇게 하고 보니, 「공무도하」 혹은 「공후요」 계열의 작품은 모두 모아 놓은 셈이지만, 「공후인」 관련 자료는 기존에 알려진 대로 달랑 최표의 『고금주』에만 의존하기에는 뭔가 부족한 듯하였다. 그래서 「공후인」에 관한 자료까지 모두 모아보자고 하여 검색을 하여 보니, 비록 중복되어 새로운 사실을 알려주는 것은 없었지만, 「공후인」 관련하여 언급된 많은 자료를 찾았고, 또 이것을 번역하였다.

이 과정에서 일반적으로 알려진 대로 「공후인」이 수록된 최초의 문헌이 최표의 『고금주』가 아니고, 공연의 『금조』라는 책임을 알 수 있었다. 그리고 일부의 경우에서 볼 수 있는 바와 같이 「공후인」이 채옹(蔡邕)의 『금조』에도 있었다는 것이 확인되면, 이것이 가장 오래된 것이라 할 수 있으나, 채옹의 『금조』는 그 존재 자체가 제대로 확인이 안된다는 것도 알 수 있었다.

이렇게 해서 「공후인」 원작과 그것을 재창조한 「공무도하」 혹은 「공후요」 계열의 많은 작품, 그리고 「공후인」에 대한 언급이 있는 자료를 모아 놓으면, 그것으로 충분할 듯싶었다. 하지만, 작품을 찾아 정리하다 보니, 요즈음 중국의 몇몇 학자들이 「공후인」 작품에 대하여 논평을 해 놓은 것을 볼 수 있었다. 이것도 「공후인」을 연구하는 데에 하나의 참고자료가 될 수 있을 것으로 판단하여 중요한 몇몇 작품에 대한 몇 개의 논평을 번역하여 실었다.

이 밖에 「공후인」에 관한 것으로는 최근의 「공후인」에 관한 국내의 논문을 소개하는 것이 또 하나의 과제라 할 수 있는데, 이것은 이 책에서는 목록만을 정리하여 제시하기로 하고, 그 논문은 워낙 양이 많아 별도의 책으로 내기로 하였다. 어려운 가운데 이 자료집과 아울러 2책 분량이 될 「공후인」 논문집의 출간을 맡아준 보고사 김흥국 사장께 감사드리고, 아울러 교정을 맡아 애쓴 이경민 씨에게도 고맙다는 말을 전한다.

　이렇게 보면, 「공후인」에 관한 거의 모든 자료를 구비하여 내는 일이 마무리 되는 것 같다. 몇 년간 짓누르던 과제 가운데 하나가 해결이 되어 마음이 홀가분하다. 다만, 이것을 만들기에 최선을 다하였지만, 번역에 있어서도 잘못한 부분이 있을 수도 있으며, 작품이 누락된 것도 있을 수도 있는 등 문제가 없을 수 없을 것이다. 이런 미진한 것은, 또 기회가 되는 대로 시정해나갈 것이다.

2005년 8월 1일,

己千齋에서,

尹浩鎭 삼가 씀.

目 次

제3편 논평편

제4장 명청(明淸) … 139

제5장 한국(韓國) … 183

공후인 전승의 개관

1.

「공후인」이라는 작품에 대해 우리가 일반적으로 알고 있기로는 최표(崔豹)의 『고금주(古今注)』에 실린 것이 가장 이르다는 것이다. 그런데 『금조(琴操)』라는 문헌에도 「공후인」이 실려 있어 최표의 『고금주』 이전의 문헌에 「공후인」이 실려 있음을 확인할 수 있다. 『금조』는 한나라 때의 채옹(蔡邕)이 지었다는 것과 진(晋)나라 때의 공연(孔衍)이 지은 것 두 종이 있는데, 이 책들을 지은 두 사람은 모두 최표보다 이른 시기를 살았다. 따라서 최표의 『고금주』보다 『금조』에 실려 있는 「공후인」이 이른 것이라 하겠다.

그런데 『금조』 두 가지 가운데 누구의 것을 「공후인」이 수록된 최초의 것으로 규정하느냐 하는 것이 문제이다. 『금조』라는 문헌이 「공후인」과 관련하여 처음 보이는 것은 당나라 『북당서초(北堂書鈔)』에서 "『琴操』云"[1]이라 하고, 『예문유취』에서 "『琴操』曰"[2]이라 한 데에서 찾아 볼 수 있다. 이를 이어 송나라 때의 『군서고색(群書考索)』에서도 "『琴操』有箜篌引"[3]이라 하였다.

---

1) 唐 虞世南 撰, 明 陳禹謨 補註, 『北堂書鈔』 卷110
2) 唐 歐陽詢 撰, 『藝文類聚』 卷44 樂部4

그런데 이들을 통하여는 소개된 『금조』가 채옹의 것인지, 공연의 것인지 알 수 가 없다. 다만 명나라에 들어 『천중기(天中記)』에서 "『고금주(古今注)』 및 공연(孔衍)의 『금조(琴操)』 [『古今注』 及孔衍 『琴操』]" 라 한 것을 통하여, 『금조』가 채옹의 것이 아니고, 공연의 것이었음을 확인할 수 있다. 『천중기』에서 『고금주』와 공연의 『금조』를 동시에 소개하였다는 점은 『금조』가 채옹의 것이 아닌 공연의 것임을 입증하는 것이다.

사실 채옹의 『금조』에 대해 자세히 알 수가 없다. 송나라 왕응린(王應麟)이 찬한 『옥해(玉海)』의 권86에 채옹의 『금조』를 인용하여 "초나라 명광(明光)이란 사람은 초나라 왕의 대부였다. 소왕(昭王)이 화씨벽(和氏璧)을 얻고, 조나라 왕에게 바치고자 하였다. 이에 명광에게 구슬을 받들고 조나라라로 가라고 보내었다. [楚明光者, 楚王大夫也. 昭王得和氏璧, 欲貢於趙王, 於是遣明光, 奉璧之趙.]"라 한 것을 보면, 채옹의 『금조』가 있었던 것은 확실하나, 여기에 「공후인」이 실려 있었는가는 확인할 길이 없다. 따라서 현재 「공후인」을 최초로 수록한 확인 가능한 문헌은 공연의 『금조』라 하겠다.

2.

「공후인」 혹은 「공무도하」라 불리는 원작을 이은 「공후인」 계통의 작품 가운데 가장 이른 작품은 어느 것인가? 무명씨의 「공후요(箜篌謠)」이고, 그 다음이 조식(曹植)의 「공후인」이다. 「공후요」는 무명

---

3) 宋 章如愚 撰, 『群書考索』 卷20

씨의 작품이므로 엄격히 말하여 시대를 따지기 어려움이 있으나, 각종 문헌 등에서 조식의 「공후인」보다 앞선 시대의 것으로 언급하고 있다.

「공후인」은 후대에 전해지면서 두 가지 계통으로 나뉜다. 하나는 「공후요」 계통이고, 다른 하나는 「공무도하」 계통이다. 「공후요」 계통은 엄격히 말하자면, 「공무도하가」와 내용에 있어서 상당한 차이가 있는 작품이다. 「공무도하」 계통이 원작의 뜻을 충실히 따르고 있는 점에 반하여, 「공후요」 계통은 원작에서 파생된 교훈 등을 주제로 하는 경우가 많다. 대부분 벗과의 우정이나 세태의 염량, 부귀공명의 무상함 등을 읊었다.

두 계통의 작품은 시기적으로 다소의 차이가 있기는 하지만, 각 시기마다 오랜 세월 함께 전해져 내려온 것이 사실이다. 물론 수적으로는 「공후요」 계통보다는 「공무도하」 계통이 훨씬 많은 것을 볼 수 있다.

「공후요」 계통은 20명의 작자에 20작품이 있으며, 「공무도하」 계통은 두 배가 넘는 40여 명의 작자에 한 사람이 두 편 이상 지은 경우도 있어 작품의 숫자는 더 많다. 이것을 도표로 나타낸다면 다음과 같이 정리할 수 있다.

시기	箜篌謠系列	公無渡河系列	비고
漢魏晉南北朝	無名氏(箜篌謠) 曹植	劉孝威 張正見	
唐	李白(箜篌謠) 王昌齡 李賀 李賀(箜篌謠) 張祜	李白 王建 陳標 李咸用 王叡 溫庭筠	
宋元	曹勛 姜夔 吳萊	唐庚 王炎 楊冠卿 洪咨夔 趙文 周紫芝 陸游 宋無 李龏 劉詵 徐集孫 楊維禎 彭釆 黃簡 文珦 鄭大惠	公無渡河幷引
明淸	王叔承 高啓 黃淮 沈煉 胡應麟 邵驪 于愼行 王世貞 王闓運(聞笛, 夜雨, 倣王昌齡「箜篌引」)	滕毅 胡應麟 于愼行 劉基 危素 周是修 烏斯道 胡奎 朱誠泳 李夢陽 顧璘 何景明	3수 2수, 雜調曲公無渡河

韓國	成俔 申欽 琴怪(箜篌怨)	溫純 明曠 成俔 金世濂 鄭斗卿 李玄錫 柳得恭	公無渡漢 次李白公無渡河韻 「二十一都懷古詩」「衛滿」

「공후요」 계통의 작품은 한위 남북조시기에 2수, 당나라 4수, 송원 3수, 명청 9수, 한국 3수이다. 중국 18명, 한국 3명이 작품을 남겼다.

중국 18명 가운데, 무명씨가 1인 있고, 이하(李賀)는 「공후인」 1수와 「공후요」 1수를 남겼으며, 이백(李白)은 「공후요」를 남겼다.

「공후요」란 이름으로 지어진 것이 3수 있다. 무명씨·이백·이하 세 사람이 각각 1수씩 남겼다. 나머지는 거의 「공후인」이란 제목으로 되어 있으나, 이 가운데 명나라 황준(黃准)의 작품은 「송조자건공후인유감(誦曹子建箜篌引有感)」이란 제목으로 되어 있고, 청나라의 왕개운(王闓運)은 「聞笛, 夜雨, 倣王昌齡 「箜篌引」」이란 제목으로 작품을 남겼다.

「공무도하」 계통의 작품은 모두 40명의 45수이다. 한위진남북조시기에 2인 2수, 당나라 때 6명 6수, 송원 시기에 15명의 17수, 명청시기에 14명 17수(이 가운데 호응린은 연작으로 3수, 이몽양은 2수를 지었다.) 한국에는 3명의 3수가 있다.

대체로 송원 시기에 「공무도하가」에 비해 「공후요」가 현저하게 적게 지어진 것을 볼 수 있다.

3.

한위진남북조시기에는 「공후요」 계열과 「공무도하」 계열이 각각 두 수씩 있다. 이 시기는 비교적 많은 조대를 포함하는 장구한 시간이고, 작품 수도 많아 보이지 않는다. 하지만, 「공무도하」 계열의 작품만 지어진 것이 아니고, 「공후요」 계열과 같은 파생 작품군이 이미 발생하였다는 것은 「공무도하」가 이미 문인들 사이에 많이 읊어졌음을 의미한다고 하겠다.

당나라에 와서는 이백이나 왕창령·이하·온정균 등 우리 귀에 익은 당대의 저명한 문인들 사이에 「공무도하」 계열 내지는 「공후요」 계열의 작품이 많이 지어졌다. 특히 이백과 이하의 경우는 한 사람이 두 작품을 남겼다. 그리고 이백과 이하의 작품은 당나라 시기뿐만 아니라, 후대에도 많은 영향을 끼쳤던 것으로 보인다.

이 때도 「공후요」 계열과 「공무도하」 계열이 작품의 숫자로 볼 때는 거의 비슷하지만, 작가로 볼 때는 「공무도하」 계열의 작품이 많이 지어졌다. 「공후요」 계열의 작품이 교훈적 내용을 주제로 삼았던 이전 시기의 고답적 태도를 그대로 답습한 것에 비하여, 「공후인」 계열은 담은 시보다는 「공무도하」 계열의 고달픈 현실을 서정적으로 노래한 것들이 많다.

즉 후대로 오면서 「공후요」 계열보다는 「공후도하」 계열의 작품이 사람들의 정서에 맞았던 것으로 보이는데, 이러한 경향은 송원 시기에 극명하게 보인다. 송원 시기에는 중국의 어느 시기보다도 많은 작품이 지어졌는데, 「공후요」 계열의 작품에 비하여 공무도하 계열의 작품이 5배 이상 지어진 것을 볼 수 있다.

송원 시기에는 특히 「공무도하」 계열의 작품을 지은 작가 가운데, 당경·육유·양유정 등과 같은 저명한 문인들이 많은 작품을 남겼다. 송대의 작가들 가운데에는 육유처럼 남도 이후의 문인들이 많이 있고, 또 양유정처럼 송원 교체기의 시기를 살았던 사람도 있음을 볼 수 있다. 아마도 「공후요」 계열보다 「공무도하」 계열의 작품이 많이 지어진 까닭이 송원 시기의 작자들이 처했던 시대적 현실과 무관하지 않음을 보여주는 것이라 하겠다.

명나라와 청나라 시기에 오면 송원 때에 양적으로 팽창하였던 것에 비하여, 양조에 걸치는 긴 시기임에도 불구하고 작품은 오히려 줄어든 것을 볼 수 있다. 특히 특징적인 것은 당나라나 송원 시기에 「공무도하」 계열이 많았던 점과는 달리 명청 시기에는 「공무도하」 계열의 작품보다는 「공후요」 계열의 작품이 늘어난 것을 볼 수 있다. 특히 청나라 작자들이 현저히 감소한 것을 볼 수 있다.

이 시기에 송대까지 후대로 올수록 늘어나던 작품이 이 시기에 와서 적게 지어졌다는 점과 특히 청나라 문인들이 「공무도하」에 대한 작품을 거의 남기지 않았다는 점, 그리고 「공무도하」 계열의 작품이 더 많이 지어졌다는 것은 매우 흥미 있는 일이다.

중국 사람들은 「공무도하」가 조선 진졸의 작품이라고 하며, 자신들과는 다른 종족의 작품으로 생각을 하면서도 이렇게 많은 사람들이 후속 작품을 낸 것에 비하여, 우리나라 문인들은 「공무도하」에 대하여 그리 큰 관심을 가지고 있지 않았다. 우리나라 전 시기를 통하여 현재 조사된 것만 7수에 불과하다.

고려 이전에는 아예 한 수도 지어진 것이 없고, 나머지도 조선 중후기에 지어진 것이 많다. 조선 초기에는 성현(成俔)의 작품 2수가 있을 뿐이고, 조선 중기에는 신흠(申欽)과 금각(琴恪)이외에는 지은 사람이 없다. 중국에서는 자신들의 유산이 아니라고 생각하면서도 오랜 세월 동안 많은 작가가 작품을 남겼는데, 우리나라에서 「공무도하」에 대하여 이처럼 별로 관심을 보이지 않았던 까닭이 무엇일까는 알기 어렵다.

제1편 공후인 원가 및 그 자료

제1장 원가의 번역

임이여! 하수를 건너지 마오 公無渡河[1]

임이여! 하수를 건너지 마오,	公無渡河,
임은 끝내 하수를 건너네.	公竟渡河.[3]
하수에 빠져 죽었으니,	墮河而死,[4]
장차 임을 어이할꼬?	將奈公何.[5]

---

1) 이 시의 제목은 시의 첫 구를 따서 지은 것인데, 「공후인」이라고도 한다. 인(引)
   은 시형식의 하나로서 "인(引)도 또한 가(歌)의 종류이다. 가란 말의 뜻은 말을 길
   게 한다는 것이다. 인은 이끌어서 펴는 것으로 또한 길게 하는 것이다. 악부가 지
   어진 이래로 비로소 있게 되었는데, 「공후인」 등이 이것이다.[引亦歌類也. 歌之爲
   言長言之也. 引則引而信之, 又長矣. 樂府以來始有之, 如箜篌引等, 是也.]"라고
   한 데서 볼 수 있는 바와 같이 길게 늘여서 노래하던 것이다. (元 郝經 撰, 『續後漢
   書』 六十六 「列傳」 第六十三 「文藝文章總叙」)

2) 여옥(麗玉) : 조선 진졸 곽리자고(霍里子高)의 아내이다. 일반적으로 「공후인」의
   작자로 알려져 있다.

3) 유득공(柳得恭)은 「이십일도회고시(二十一都懷古詩)」에서 "公終渡河."라 하였다.

4) 공연(孔衍)의 『금조(琴操)』, 곽무천(郭茂倩)의 『악부시집(樂府詩集)』, 유득공(柳
   得恭)의 「이십일도회고시(二十一都懷古詩)」의 설명에서 "公墮河而死"라 하였다.

5) 공연의 『금조』, 권문해(權文海)의 『대동운부군옥(大東韻府群玉)』, 박지원(朴趾
   源)의 『열하일기(熱河日記)』, 한치윤(韓致奫)의 『해동역사(海東繹史)』 등에는 "當

(崔豹6), 『古今注』7))

———————————————————

奈公何"라 하였다.

6) 최표(崔豹) : 서진(西晉) 혜제(惠帝)(290-303) 때의 인물. 연국(燕國) 사람. 자는
정웅(正熊). 벼슬이 태부복(太傅僕)에 이르렀다. 성제(成帝) 함강(咸康) 년간에 후
조(後趙)의 석호상시(石虎常侍)·시중(侍中)이 되었다. 저서에 『고금주』가 있다.

7) 『고금주』 : 중국 진(晉)나라의 최표(崔豹)가 명물(名物)을 고증하여 엮은 책. 고조
선 때의 노래인 「공무도하가」의 배경 설화가 실려 있다. 3권으로 되어 있다.

제2장 「공후인」 관련자료

「공후인」이란 것은 조선진졸인 곽리자고가 지은 것이다. 어떤 길을 떠나는 사람이 머리를 풀어헤치고 병을 들고 하수를 건너자 그 아내가 쫓아와 말렸으나, 미치지 못하였다. 마침내 하수에 빠져서 죽자, 이에 하늘을 향해 울부짖으며 슬피 울면서 공후를 타며 노래하였다. "임이여 하수를 건너지 마오, 임은 끝내 하수를 건너고 말았네. 임이 하수에 빠져서 죽으니, 내 임을 어이할꼬?" 곡을 마치자 자신도 하수에 몸을 던져 죽었다. 곽리자고가 그 아내 여옥에게 이야기 하니, 여옥이 매우 가슴아프게 생각하였다. 이에 공후를 당겨서 그 소리를 그리니, 듣는 사람들이 눈물을 흘리지 않는 이가 없었다. 여옥이 곡을 다 탄 뒤에 「공후인」이라 하였다.

箜篌引者, 朝鮮津卒霍里子高所作也. 有一征夫, 被髮提壺, 涉河而渡, 其妻追止之, 不及. 墮河而死, 乃呼天歔欷, 鼓箜篌而歌曰, 公無渡河, 公竟渡河, 公墮河而死, 當奈公何. 曲終自投河而死, 子高以語其妻麗玉, 麗玉傷之, 乃援箜篌, 以寫其聲, 聞者莫不墮淚, 麗玉夷曲, 名曰箜篌引. (孔衍[1], 『琴操』[2])

「공후인」은 조선진졸인 곽리자고의 아내 여옥이 지은 것이다. 자고가 아침 일찍 일어나 배를 수리하고 노를 젓고 있을 때, 어떤 흰머리의 미친 사람이 머리를 풀어헤치고 병을 들고 거세게 흐르는 물을 건너려고 하였다. 그 아내가 따라와 부르짖으며 말렸으나, 그녀가 이르지도 아니하여 마침내 하수에 빠져서 죽었다. 이에 공후를 당겨 타면서 공무도하의 노래를 지었다. 소리가 매우 서글프고 처량하였는데, 곡을 마치자 자신도 하수에 몸을 던져 죽었다. 곽리자고가 돌아와서 그 소리를 아내 여옥에게 이야기해주었더니, 여옥이 매우 가슴 아파하였다. 공후를 당겨서 그 소리를 그렸더니, 듣는 사람이 눈물을 흘리며 흐느끼지 않는 사람이 없었다. 여옥이 그 소리를 이웃 여자인

---

1) 공연(孔衍) : 260~320. 동진(東晉) 노국(魯國) 사람. 자는 서원(舒元). 공자의 22세 손이다. 강동에 피해 살았는데, 사마예(司馬睿)가 안동장군(安東將軍)이 되었을 때, 참군(參軍)으로 기용하여 기실(記室)을 오로지 맡도록 하였다. 직무를 잘 수행하여 이름이 났다. 원제(元帝)가 즉위하자 중서랑(中書郞)에 보임되었다. 옛날 전적에 통달하였고, 조정의 의례와 궤범을 바로 잡은 것도 많다. 왕돈(王敦)이 전권을 하자 광릉군(廣陵郡)으로 나갔다. (晉書 卷91 列傳 第61)

2) 채옹의 『금조』에 있다는 「공후인」의 내용을 인용한 경우도 있으나, 아마도 잘못으로 보인다. 다만 최표의 「고금주」 외에 공연의 「금조」에 「공후인」이 소개되어 있는 것을 볼 수 있다. 그러나 이 책도 지금은 산일되어 그 책의 전모를 살필 수는 없는 것으로 보인다. 『금지(琴旨)』라는 책의 권상에서는 "琴操晋孔衍所編"이라 하였고, 『樂律全書』에서는 "공연이 편한 책으로 지금은 없어졌다. 오로지 여러 사람들의 유서(類書)에 인용된 것만 보인다. 당나라 오긍(吳兢)은 『금조기사(琴操記事)』의 내용은 본전의 내용과 많이 다르다.'고 하였다. 주자가 말하기를, 『금조(琴操)』라는 책은 요·순·문·무·공자의 글을 실었는데, 오류가 심하다. 지혜로운 사람은 한 번만 보면 알 수 있다.'고 하였다. [孔衍所編, 其書今亡. 惟見于諸家類書所引, 唐吳兢謂瑟操紀事, 好與本傳相違, 朱子曰, 琴操一書, 載堯舜文武孔子之詞, 尤謬, 知者, 可一覽而悟也.]"라 하였다.

여용(麗容)에게 전하고 이름을 「공후인」이라 하였다.

箜篌引, 朝鮮津卒霍里子高妻麗玉所作也. 子高晨起, 刺船而櫂,
有一白首狂夫, 被髮提壺, 亂流而渡, 其妻隨呼止之, 不及, 遂墮河水
死. 於是, 援箜篌而鼓之, 作公無渡河之歌, 聲甚悽愴, 曲終, 自投河
而死. 子高還, 以其聲, 語妻麗玉, 玉傷之, 引箜篌而寫其聲, 聞者莫
否墮淚飮泣焉. 麗玉以其聲傳隣女麗容, 名之曰, 箜篌引焉. (崔豹,『古
今注』3))

인(引)은 『금조(琴操)』에 「공후인」이 있다.

주(註): 위(衛)나라 여자가 「사귀인(思歸引)」을 지었다. 「공후인」은
곧 조선진졸인 곽리자고의 아내 여옥이 지은 것이다. 작품의 앞뒤 순
서를 미루어 가는 것을 인이라고 한다.

보주(補註): 생각건대, 당나라 이전의 문장에는 인이라는 이름이
붙은 것이 없다. 한나라 반고(班固)가 비록 전인(典引)을 지었다고는
하지만, 사실은 부명(符命)의 글로, 잡저명제(雜著命題)와 같이 각각
자기의 뜻으로 이름을 붙인 것이지, 인을 문체의 하나로 생각한 것은

---

3)『고금주』는 두 개가 있는데, 하나는 알려진 대로 최표의 『고금주』이고, 다른 하나
   는 마호(馬縞)가 찬했다는 『중화고금주(中華古今注)』이다. 최표의 『고금주』에는
   "평릉의 동적의의 문인이 지은 것이다. 왕망이 동적의를 죽이자, 문인이 이 노래를
   지어서 원망하였다. [平陵東翟義門人之所作也. 王莽殺義, 門人作此歌, 以怨也.]"
   라는 글이 「공후인」에 붙어 있으나, 마호(馬縞)의 『고금주』에는 「悲歌」라는 제목을
   달아 분리하여 놓았다.

아니다. 당나라 이후에 비로소 이 체가 있게 되었는데, 대략 서와 같
지만 조금 짧고 간단하다. 아마도 서의 시초가 아닌가 한다.

引, 琴操有「箜篌引」

註 : 衛女作「思歸引」, 「箜篌引」, 則朝鮮津卒霍霍里子高妻麗玉, 所
作也. 品秩先後, 叙而推之, 謂之引.

補註 : 按: 唐以前文章, 未有名引者, 漢班固, 雖作典引, 然實爲符
命之文, 如雜著命題, 各以已意耳, 非以引爲文之一體也. 唐以後, 始
有此體, 大略如序, 而稍爲短簡, 蓋序之濫觴也. (任昉4) 撰, 陳懋仁5)
註, 『文章緣起』)

『금조』에 이르기를, "「공후인」은 조선진졸인 곽리자고가 지은 것
이다. 자고가 아침 일찍 일어나 배를 수리하며 씻고 있을 때, 어떤 미
친 사람이 머리를 풀어헤치고 병을 들고 물을 건너려고 하였다. 그
아내가 따라와 말렸으나, 그녀가 이르지도 아니하여 마침내 하수에
빠져서 죽었다. 이에 하늘을 우러러 슬피 울다가 공후를 타면서 노래

---

4) 任昉 : 460~508. 남조(南朝) 양나라 낙안(樂安) 박창(博昌) 사람. 자는 언승(彦昇).
처음 송나라에서 벼슬하여 단양윤(丹陽尹) 주부(主簿)가 되었고, 제나라에 들어와
서는 벼슬이 사도우장사(司徒右長史)에 이르렀다. 양나라에 들어와서는 어사중승
(御使中丞)·비서감(秘書監) 등의 벼슬을 하였다. 당시 심약(沈約)과 함께 '任筆沈
詩'라 일컬어졌다.

5) 陳懋仁 : 명나라 절강(浙江) 가흥(嘉興) 사람. 자는 무공(无功). 벼슬은 천주부(泉
州府) 경력(經歷)에 이르렀다.

를 불렀다. 곡을 마치자 자신도 하수에 몸을 던져 죽었다. 자고가 비파를 당겨서 그 노래와 소리를 지었기 때문에 '공후인'이라고 한다."라고 하였다.

『琴操』曰, "箜篌引者, 朝鮮津卒霍子高所作也. 子高晨刺船而濯, 有一狂夫被髮提壺而渡, 其妻追止之, 不及墮河而死, 乃號天噓唏, 鼓箜篌而歌, 曲終投河而死. 子高援琴, 作其歌聲, 故曰箜篌引." (歐陽詢6), 『藝文類聚』卷44 樂部4)

공후인 : 『금조』에 이르기를, "「공후인」은 조선진졸인 곽리자고가 지은 것이다. 자고가 아침 일찍 일어나 배를 수리하며 씻고 있을 때, 어떤 미친 사람이 머리를 풀어헤치고 병을 들고 물을 건너서 가려고 하였다. 그 아내가 따라와 말렸으나, 그녀가 이르지도 아니하여 마침내 하수에 빠져서 죽었다. 이에 하늘을 우러러 슬피 울다가 공후를 당겨 타면서 노래를 불렀다. '임이여 하수를 건너지 마오, 임이 마침내 하수를 건넜네. 임이 하수에 빠져 죽었으니, 내 임을 어이할꼬?' 곡을 마치자 자신도 하수에 몸을 던져 죽었다. 자고가 비파를 당겨서 그 노래와 소리를 지었기 때문에 '공후인'이라고 한다."라고 하였다.

6) 歐陽詢 : 557-641. 담주(潭州) 임상(臨湘) 사람. 자는 신본(信本), 혹은 소신(少信). 경사를 널리 알고, 수나라에 벼슬하여 태상박사(太常博士)가 되었다. 당나라 태종 정관(貞觀) 초에 벼슬이 태자율갱령(太子率更令)·홍문관학사(弘文館學士) 등을 지냈다. 글씨를 잘 써서 구양순체라는 필체를 남기게 되었다.

箜篌引:『琴操』云, "箜篌引者, 朝鮮津卒霍里子高所作也. 子高晨
刺船而濯, 有一狂夫被髮提壺, 涉河而渡, 其妻追止之, 不及, 墮河而
死, 乃號天唏噓, 鼓箜篌而歌, 曰, '公無渡河, 公竟渡河. 公墮河死,
當奈公何?' 曲終, 自投河死. 子高援琴, 作其歌聲, 故曰, 箜篌引." 補
(虞世南[7] 撰, 陳禹謨[8] 補註, 『北堂書鈔』 卷109)

「공후인」은 조선진졸인 곽리자고의 아내 여옥이 지은 것이다. 곽
리자고가 아침 일찍 일어나 배를 수리하고 노를 젓고 있을 때, 어떤
흰머리의 미친 사람이 머리를 풀어헤치고 병을 들고 거세게 흐르는
하수를 건너려고 하였다. 그 아내가 따라와 부르짖으며 말렸으나, 그
녀가 이르지도 아니해서 마침내 하수에 빠져서 죽었다. 이에 공후를
당겨 타면서 「공무도하」란 노래를 지었다. 소리가 매우 서글프고 처
량하였는데, 곡을 마치자 자신도 하수에 몸을 던져 죽었다. 곽리자고
가 돌아와서 그 이야기를 아내 여옥에게 해주었더니, 여옥이 매우 가
슴아파하였다. 공후를 당겨서 그 소리를 그렸더니, 듣는 사람이 눈물
을 흘리며 흐느끼지 않는 사람이 없었다. 여옥이 그 곡을 이웃 여자

---

7) 虞世南 : 558-638. 당나라 월주(越州) 여요(餘姚) 사람. 자는 백시(伯施). 고야왕(顧
  野王)에게 십여 년 동안 수학을 하며, 꼼꼼히 생각하기를 게을리 하지 않았다. 문장
  이 아름다워 서릉(徐陵)의 경지에 들었다. 왕희지(王羲之)의 칠세손인 중 지영(智
  永)을 좇아 왕희지 서체를 배웠다. 벼슬은 병부시랑에 이르렀다.
8) 陳禹謨 : 1548-1618. 명나라 소주부(蘇州府) 상숙(常熟) 사람. 자는 석현(錫玄). 만
  력(萬曆)에 거인(擧人)이 되었다. 벼슬은 사천안찰사첨사(四川按察司僉事)에 이
  르렀다.

인 여용에게 전하고 이름을 「공후인」이라 하였다.

箜篌引, 朝鮮津卒霍里子高妻麗玉所作也. 子高晨起, 刺船而櫂,
有一白首狂人, 被髮提壺, 亂河流而渡, 其妻隨呼止之, 不及, 遂墮河
水死. 於是 援箜篌而鼓之, 作公無渡河之曲, 聲甚悽愴, 曲終, 自投
河而死. 霍里子高還以其聲, 語妻麗玉, 玉傷之, 乃引箜篌, 而寫其
聲. 聞者, 莫不墮淚飮泣焉. 麗玉以其曲傳隣女麗容, 名之曰, 箜篌引
焉. (蘇鶚 撰,『蘇氏演義』卷上)

최표(崔豹)의『고금주』에 이르기를, "「공후인」은 조선진졸인 곽리
자고의 아내 여옥이 지은 것이다. 곽리자고가 아침 일찍 일어나 배를
수리하고 있을 때, 어떤 흰머리의 미친 사람이 머리를 풀어헤치고 병
을 들고 거세게 흐르는 물을 건너려고 하였다. 그 아내가 따라와 부
르짖으며 말렸으나, 그녀가 이르지도 아니해서 마침내 하수에 빠져
서 죽었다. 이에 공후를 당겨 노래하여 말하기를, '임이여 하수를 건
너지 마오, 임이 마침내 하수를 건넜네. 임이 하수에 빠져 죽으니, 장
차 임을 어이할꼬?'라고 하였다. 소리가 매우 서글프고 처량하였는
데, 곡을 마치자 자신도 하수에 몸을 던져 죽었다. 곽리자고가 돌아
와서 그 이야기를 아내 여옥에게 해주었더니, 여옥이 매우 가슴아파
하였다. 공후를 당겨서 그 소리를 그리고, 「공후인」이라 이름하였다."
라고 하였다. 공후는 곡이름으로 '임이여 하수를 건너지 마오, 임이
마침내 하수를 건넜네. 하수에 빠져 죽으니, 장차 임을 어이할꼬?'라

는 노래인데, 한 구절에 한 번 바뀌고, 한 번 바뀌면서 한 번 운다. 음절은 짧고 곡조는 슬프니, 그 음악은 절로 예스럽다.

崔豹 『古今注』曰, "箜篌引者, 朝鮮津卒霍里子高妻麗玉所作也. 子高晨起刺船, 有一白首狂夫, 被髮提壺, 亂流而渡, 其妻隨呼止之, 不及, 遂墮河水死, 於是援箜篌而歌曰, '公無渡河, 公竟渡河, 公墮河而死, 將奈公何.' 聲甚悽慘, 曲終自投河而死, 子高還而語麗玉, 麗玉傷之, 乃引箜篌而寫其聲, 名之曰 箜篌引." 箜篌曲名. "公無渡河, 公竟渡河, 墮河而死, 將奈公何.", 一句一轉, 一轉一哭, 節短調悲, 其音自古. (郭茂倩9), 『樂府詩集』「相和歌辭」)

「공후인」은 또한 '공무도하'라고도 하고 또한 '공후요'라고도 한다. 조선진졸인 곽리자고의 아내 여옥이 지은 것이다. 자고가 아침 일찍 일어나 배를 수리하다가, 어떤 흰머리의 미친 사람이 머리를 풀어헤치고 병을 들고 거세게 흐르는 물을 건너려고 하는 것을 보았다. 그 아내가 따라와 부르짖으며 말렸으나, 미치지 못하였다. 마침내 공후를 당겨 노래하여 말하기를, "임이여 하수를 건너지 마오, 임이 마침내 하수를 건넜네. 임이 하수에 빠져 죽으니, 내 임을 어이할꼬?"라고 하였다. 소리가 매우 서글프고 처량하였는데, 곡을 마치자 자신도

---

9) 郭茂倩: 송나라 운주(鄆州) 수성(須城) 사람. 자는 덕찬(德粲). 신종(神宗) 원풍(元豊) 7년(1084)에 하남성 범조참군(法曹參軍)이 되었다. 음율에 밝았고, 예서를 잘 썼다. 『악부시집』을 편찬하였다.

하수에 몸을 던져 죽었다. 자고가 돌아와서 그 이야기를 아내 여옥에게 해주었더니, 여옥이 매우 가슴아파하였다. 공후를 당겨서 그 소리를 그리니, 듣는 사람들이 눈물을 흘리지 않는 사람이 없었다. 여옥은 그 소리를 이웃 여자인 여용에게 전해주고 이름을 '공후인'이라고 하였다. 옛날 역사책에 "한무제가 남월(南粤)을 멸망시키고 태일후토(太一后土)에게 제사를 지냈다. 그리고 음악인 후휘(侯暉)에게 거문고에 의거해서 감후(坎侯)를 만들도록 하였다. 감이란 것은 소리이고, 후란 것은 악공의 성이다. 그런데 뒤에 말이 와전되어서 감을 공이라 하였다."라고 하다. 그러나 내가 보기에, 지금 대악(大樂)에 공후라는 악기가 있으니, 어찌 이와 같은 이야기를 믿을 수 있을까?

「箜篌引」亦曰, 公無渡河, 亦曰, 箜篌謠, 朝鮮津卒霍里子高妻麗玉所作. 子高晨起刺船, 見一白首狂夫, 被髮攜壺, 亂流而渡, 其妻隨呼止之, 不及, 遂援箜篌而鼓之, 歌曰, "公無渡河, 公終渡河. 公墮而死, 當奈公何." 聲音悽愴, 曲終, 亦投河而死, 子高還以其聲, 語麗玉, 玉傷之, 乃引箜篌, 寫其聲, 聞者, 莫不墮淚. 麗玉以其聲, 傳隣女麗容, 名曰, 箜篌引. 舊史稱漢武帝滅南粤, 祠太一后土, 令樂人侯暉, 依琴造坎侯. 坎者, 聲也; 侯者, 工人姓也. 後語訛坎爲空. 然以臣所見, 今大樂有箜篌器, 何得如此說. (鄭樵10) 『通志』 卷48)

---

10) 鄭樵 : 1104-1162. 송나라 흥화(興化) 포전(蒲田) 사람. 자는 어중(漁仲), 자호는 계서일민(溪西逸民). 학자들이 협제선생(夾漈先生)이라 일컬었다. 박학강기하였고, 문을 닫아걸고 30여 년간 저작에 몰두하여 『통지(通志)』 등을 지었다.

악부에 「공후인」이 있는데 이르기를, "곽리자고가 아침에 일찍 일
어나 배를 수리하고 있을 때, 어떤 흰머리의 미친 사람이 머리를 풀
어헤친 채 병을 들고 거세게 흐르는 물을 건너고자 하였다. 그 아내
가 말리려 하였으나, 그녀가 이르기도 전에 마침내 물에 빠져서 죽었
다. 이에 그 아내가 공후를 당겨서 타면서 다음과 같은 노래를 지었
다. '임이여! 하수를 건너지 마오, 임은 끝내 하수를 건넜네. 하수에
빠져서 죽으니, 내 임을 어이 할꼬?' 소리가 매우 슬프고 처량하였다.
노래를 마치자 자신도 또한 하수에 몸을 던져 죽었다. 자고가 돌아와
서 그 소리를 여옥에게 이야기해 주었더니, 여옥이 그것을 가슴아프
게 생각하여 공후를 당겨서 그 소리를 그리니, 듣는 사람 가운데 눈
물을 흘리며 훌쩍이지 않는 사람이 없었다. 여옥이 그 소리를 이웃
여자인 여용에게 전하고, 이름을 '공후인'이라 하였다."라고 하였다.

樂府有箜篌引云, 霍里子高晨起刺船, 有一白首狂夫, 被髮攜壺, 亂
流而渡, 其妻止之, 不及, 遂溺死. 於是 其妻援箜篌而鼓之, 作歌曰,
"公無渡河, 公竟渡河. 墮河而死, 當奈公何?" 聲甚悽愴, 曲終, 亦投河
而死. 子高還, 以其聲, 語麗玉, 麗玉傷之, 引箜篌, 寫其聲, 聞者莫不
墮淚飮泣. 麗玉以其聲, 傳隣女麗容. 名曰, 箜篌引. (胡仔[11]), 『漁隱
叢話後集』卷40「麗人雜記」)

---

11) 胡仔 : 송나라 휘주(徽州) 적계(績溪) 사람. 자는 원임(元任), 호는 초계어은(苕溪
漁隱). 음직으로 적공랑(迪功郎)을 제수받았고, 벼슬은 봉의랑(奉議郎)·지진릉현
(知晉陵縣)에 이르렀다. 뒤에 호주(湖州)에 살면서, 낚시로 자적하였다. 『초계어은
총화(苕溪漁隱叢話)』『공자편년(孔子編年)』 등이 있다.

공무도하 : 「공무도하」는 본래 「공후인」이다. 조선진졸인 곽자고의
아내 여옥이 지은 것이다. 자고가 아침 일찍 일어나 배를 수리하는
데, 어떤 흰머리의 미친 사람이 머리를 풀어헤치고 병을 들고 거세게
흐르는 물을 건너려고 하였다. 그 아내가 따라와 부르짖으며 말렸으
나, 그녀가 이르지도 아니해서 마침내 물에 빠져서 죽었다. 이에 공
후를 당겨 노래하여 말하기를, "임이여 하수를 건너지 마오, 임이 마
침내 하수를 건넜네. 임이 하수에 빠져 죽으니, 내 임을 어이할꼬?"
라고 하였다. 곡을 마치자 자신도 하수에 몸을 던져 죽었다. 여옥이
매우 가슴아파하며, 공후를 당겨서 그 소리를 그리니, 듣는 사람들이
눈물을 흘렸다.

公無渡河 : 公無渡河, 本箜篌引, 朝鮮津卒霍子高妻麗玉所作. 子
高晨起刺船, 有白首狂夫, 披髮提壺, 出亂流而渡, 其妻呼止之, 不及,
溺死. 於是, 援箜篌歌曰, '公無渡河, 公竟渡河. 公墮河死, 當奈公
何?' 曲終, 投河而死, 麗玉傷之, 乃引箜篌, 寫其聲, 聞者, 墮淚. (曾
慥12) 編, 『類說』 卷51 「古樂府」)

「공후인」을 짓다 : 「공후인」은 조선진졸인 곽리자고의 아내 여옥이
지은 것이다. 자고가 아침 일찍 일어나 배를 수리하고 노를 저을 때,

---

12) 曾慥 : 송나라 천주(泉州) 진강(晉江) 사람. 자는 단백(端伯), 호는 지유거사(至游
    居士). 박학하고 시에 능하였다. 벼슬은 우문전수찬(右文殿修撰)에 이르렀다.

어떤 흰머리의 미친 사람이 머리를 풀어헤치고 병을 들고 거세게 흐르는 하수를 건너려고 하였다. 그 아내가 따라와 부르짖으며 말렸으나, 그녀가 이르지도 아니해서 마침내 하수에 빠져서 죽었다. 이에 공후를 당겨 타면서 「공무도하」란 곡을 지었다. 소리가 매우 서글프고 처량하였는데, 곡을 마치자 자신도 하수에 몸을 던져 죽었다. 곽리자고가 돌아와서 그 소리를 아내 여옥에게 이야기해주었더니, 여옥이 매우 가슴아파하였다. 공후를 당겨서 그 소리를 그리니, 듣는 사람들이 눈물을 흘리며 흐느끼지 않는 사람이 없었다. 여옥은 그 곡을 이웃 여자인 여용에게 전해주고 이름을 '공후인'이라고 하였다.

作箜篌引 : 箜篌引者, 朝鮮津卒霍里子高妻麗玉所作也. 高晨起刺船而櫂, 有一白首狂夫, 被髮提壺, 亂河流而渡, 其妻隨而止之, 不及, 遂墮河水死. 於是, 援箜篌而鼓之, 作公無渡河之曲, 聲甚悽愴, 曲終, 自投河而死. 霍里子高還, 以其聲, 語其妻麗玉, 麗玉傷之, 乃引箜篌, 而寫其聲, 聞者, 莫不墮淚飮泣焉. 麗玉以其曲, 傳隣女麗容, 名曰, '箜篌引'. (祝穆[13]),『古今事文類聚』「前集」卷17 地理部)

***

「공후인」을 짓다 : 「공후인」은 조선진졸 곽리자고가 지은 것이다. 어떤 길을 가는 사람이 머리를 풀어헤친 채 병을 들고 하수를 맨몸

---

13) 祝穆 : 송나라 건녕부(建寧府) 숭안(崇安) 사람. 초명은 병(丙)이고, 자는 화보(和甫)이다. 어려서 고아가 되어 동생과 고부인 주희(朱熹)에게 배웠다. 은거하며 벼슬하지 않았고, 학문에 뜻을 두고 유학으로 그 집안을 일으켰다.

으로 건너려 하였다. 그 아내가 쫓아와서 말리려 하였으나, 이르기도
전에 하수에 빠져서 죽었다. 그 아내는 하늘을 향해 울부짖으며 한숨
짓다가 공후를 타면서 다음과 같은 노래를 불렀다. "임이여! 하수를
건너지 마오, 임은 끝내 하수를 건넜다네. 임이 하수를 건너다 빠져
죽으니, 이제 어찌 할거나?" 노래를 마치자 자신도 하수에 몸을 던져
서 죽었다. 자고가 거문고를 당겨서 이 노래를 지었기 때문에 '공후
인'이라 하였다.

作箜篌引 : 箜篌引者, 朝鮮津卒霍里子高所作也. 有一征夫, 被髮
提壺, 涉河而渡, 其妻追止之, 不及, 墮河而死, 乃號天噓唏, 鼓箜篌
而歌曰, "公無渡河, 公竟渡河. 公渡河而死, 當奈何?" 曲終, 投河死,
子高援琴作此歌, 故曰箜篌引. (祝穆 撰,『古今事文類聚』「續集」卷
22 樂器部)

옛 『금조』에 「공막도하곡(公莫渡河曲)」이 있는데, 「공막무가(公莫舞
歌)」를 보니, 시에 이르기를, "나는 공을 보지 않겠노라, 때가 아니니
내가 어찌하랴?"[14]라고 하였다. 공막무는 「공막도하곡」의 춤이다.
진지장(陳智匠)이 말하기를, "곽리자고가 새벽에 배를 수리하고 건널
제, 어떤 흰머리의 미친 사람이 머리를 풀어헤친 채 병을 들고 거센

---

14) 이하는 뜻이 통하지 않아 해석하지 않음. 명나라 풍유눌(馮惟訥)이 찬한 『고시기
   (古詩紀)』에 「건무가시(巾舞歌詩)」가 실려 있는데, 그 서문에 『고금악록(古今樂
   錄)』의 말을 인용하여 가사는 와이(訛異)가 심하여 이해할 수 없다고 하였다.

물결을 건너려 하였다. 그 아내가 쫓아와서 그를 말리려 하였으나,
이르기도 전에 마침내 물에 빠져서 죽었다. 이에 공후를 타면서 다음
과 같은 노래를 불렀다. '임이여! 하수를 건너지 마오, 임은 마침내
하수를 건넜네. 빠지니 임을 어찌할거나?' 노래를 마치자 하수로 달
려가서 죽었다. 자고가 그 노래를 듣고 슬퍼서 거문고를 당겨서 애절
하게 그 소리를 흉내낸 것이 이것이다."라고 하였다. 송나라 심약(沈
約)이 글로 지어서 「공막해한」이라 하고, 지금의 건무(巾舞)가 이것
이라고 하였는데, 무슨 근거로 이렇게 말했는지 모르겠다.

　　古琴操 有公莫渡河曲, 觀公莫舞歌, 詩有云 "吾不見公, 莫時吾何.
嬰公來姥, 時吾哺聲. 吾治五文, 度汲水吾. 噫邪哺誰, 當求是知." 公
莫舞, 公莫渡河曲之舞也. 陳智匠曰, 尋霍里子高, 晨朝刺舡而濟, 有
白首狂夫, 被髮提壺, 亂流而度, 其妻追止之, 不及, 遂溺而死. 於是
鼓箜篌而歌, 曰, "公無渡河, 公競渡河, 墮奈公何." 曲終, 赴河而歿.
子高聞其歌, 悲援琴而, 哀切以象其聲, 是也. 宋 沈約文致之, 以爲
公莫害漢, 今之巾舞, 是也. 不知奚據而云. (陳暘15), 『樂書』 卷179)

ⸯⸯⸯ

　　「공후인」: 「공후인」은 조선진졸인 곽리자고의 아내 여옥이 지은
것이다. 자고가 아침 일찍 일어나 배를 수리하고 노를 젓는데 어떤
흰머리의 미친 사람이 머리를 풀어헤치고 병을 들고 거세게 흐르는

---

15) 陳暘 : 송나라 복주(福州) 사람. 자는 진지(晉之). 철종(哲宗) 소성(紹聖) 원년
　　(1095) 제과(制科)에 급제하였고, 벼슬은 예부시랑에 이르렀다.

하수를 건너려고 하였다. 그 아내가 따라와 부르짖으며 말렸으나, 그
녀가 이르지도 아니하여 하수에 빠져서 죽었다. 이에 공후를 당겨 타
면서 「공무도하」란 곡을 지었다. 소리가 매우 서글프고 처량하였는
데, 곡을 마치자 자신도 하수에 몸을 던져 죽었다. 곽리자고가 돌아
와서 그 소리를 아내 여옥에게 이야기해주었더니, 여옥이 매우 가슴
아파하였다. 공후를 당겨서 그 소리를 그리니, 듣는 사람들이 눈물을
흘리고 흐느끼지 않는 사람이 없었다. 여옥은 그 소리를 이웃 여자인
여용에게 전해주고 이름을 '공후인'이라고 하였다.

箜篌引 : 箜篌引者, 朝鮮津卒霍里子高妻麗玉所作也. 高晨起刺船
而櫂, 有一白首狂夫, 被髮提壺, 亂河流而渡. 其妻隨而止之, 不及, 遂
墮河水死. 于是 援箜篌而鼓之, 作公無渡河之曲, 聲甚悽愴, 曲終自
投河而死. 霍里子高還, 以其聲, 語其妻麗玉, 麗玉傷之. 乃引箜篌而
寫其聲, 聞者, 莫不墮淚飮泣焉. 麗玉以其曲, 傳隣女麗容, 名曰, 「箜
篌引」 (謝維新[16], 『古今合璧事類備要』「前集」 卷6 地理門)

「공후인」은 조선진졸인 곽리자고의 아내 여옥이 지은 것이다. 자
고가 아침 일찍 일어나 배를 수리하며 씻고 있을 때, 어떤 흰머리의
미친 사람이 머리를 풀어헤치고 병을 들고 거세게 흐르는 하수를 헤

---

16) 謝維新 : 건안(建安) 사람. 자는 거구(去咎). 이종(理宗) 보우(寶祐) 5년(1257)에
『고금합벽사류비요(古今合璧史類備要)』를 편찬하였다. 송나라 때의 유사(遺事),
일시(逸詩)에 대해 고증한 것이 많다.

엄쳐서 건너려고 하였다. 그 아내가 따라와 부르짖으며 말렸으나, 미치지 못하여 하수에 빠져서 죽었다. 이에 공후를 당겨 그것을 타면서, 공무도하가를 지었는데, 그 소리가 처량하고 슬펐다. 곡을 마치자 자신도 하수에 몸을 던져 죽었다. 곽리자고가 돌아와서 그 소리를 아내 여옥에게 이야기해주었더니, 여옥이 매우 가슴아파하였다. 공후를 당겨서 그 소리를 그리니, 듣는 사람들이 눈물을 흘리며 흐느끼지 않는 사람이 없었다. 여옥은 그 곡을 이웃 여자인 여용에게 전해주고 이름을 '공후인'이라고 하였다.

箜篌引, 朝鮮津卒霍里子高妻麗玉所作也. 子高晨起, 刺船而濯, 有一白首狂夫, 披髮提壺, 亂河游而渡, 其妻隨呼止之, 不及, 遂墮河水死. 於是 援箜篌鼓之, 作公無渡河, 聲音悽愴. 曲終, 自投河而死. 霍里子高還, 以其聲, 語妻麗玉, 麗玉傷之, 乃引箜篌, 而寫其聲. 聞者 莫不墮淚飮泣焉. 麗玉以其曲, 傳隣女麗容, 名曰, 箜篌引. (陶宗儀[17], 『說郛』卷11 下)

「공후인」: 「공후인」은 조선진졸인 곽리자고의 아내 여옥이 지은 것이다. 곽리자고가 아침 일찍 일어나 배를 수리하고 있을 때, 어떤

---

17) 陶宗儀 : 1316-? 원말명초 절강(浙江) 황암(黃岩) 사람. 자는 구성(九成), 호는 남촌(南村). 원나라 말엽에 병사를 피해 송강(松江)의 남촌에 우거하여 호를 남촌이라 하였다. 학문이 깊었고 보지 않은 책이 없었다. 명나라에 들어 교관(敎官)으로 초빙하였다.

흰머리의 미친 사람이 머리를 풀어헤치고 병을 들고 거세게 흐르는
물을 건너려고 하였다. 그 아내가 따라와 부르짖으며 말렸으나, 그녀
가 이르기도 아니해서 하수에 빠져서 죽었다. 아내가 이에 공후를 당
겨서 공무도하란 곡을 지었다. "임이여! 하수를 건너지 마오, 임은 그
예 하수를 건넜네, 하수에 빠져 죽으니, 임을 장차 어찌할꼬?" 곡을
마치자 하수에 몸을 던져 죽었다. 자고가 돌아와서 여옥에게 이야기
하니, 여옥이 마음아파 하였다. 이에 공후를 당겨 그 소리를 그리니,
듣는 사람이 눈물을 흘리며 흐느끼지 않는 이가 없었다. 여옥이 그
곡을 이웃 여자인 여용에게 전하고 이름은 「공후인」이라 하였다. 『고
금주』 및 공연의 『금조』에 보인다.

箜篌引 : 箜篌引者, 朝鮮津卒霍里子高妻麗玉所作也. 子高晨起刺
船, 有一白首狂夫披髮提壺, 亂流而渡, 其妻隨而止之, 不及, 墮河溺
死. 妻乃援箜篌, 作公無渡河之曲, 曰, "公無渡河, 公竟渡河. 墮河而
死, 當奈公何?" 曲終, 投河而死. 子高還以語麗玉, 麗玉傷之, 乃引箜
篌, 而寫其聲, 聞者, 莫不墮淚飮泣. 麗玉以其曲, 傳憐女麗容, 名曰,
箜篌引. 古今注及孔衍琴操(陳耀文[18]), 『天中記』 卷42)

『금조』에 이르기를, 공후인은 조선의 진졸이 곽리자고가 지은 것

[18) 陳耀文 : 명나라 하남 확산(確山) 사람. 자는 회백(晦伯), 호는 필산(筆山). 가정
(嘉靖) 29년(1550)에 진사가 되었다. 벼슬은 섬서행태복경(陝西行太僕卿)에 이르
렀다.

이다. 어떤 길을 가는 사람이 머리를 풀어헤친 채 병을 들고 하수를
맨몸으로 건너려고 하였다. 그 아내가 쫓아와서 그를 말리고자 하였
으나, 그녀가 이르기도 전에 하수에 빠져서 죽었다. 아내가 이에 하
늘을 향해 울부짖으며 한숨을 짓다가 공후를 타며 다음과 같은 노래
를 불렀다. "임이여! 하수를 건너지 마오, 임은 그예 하수를 건넜네.
하수를 건너다 빠져 죽으니, 내 임을 이제 어이 할거나?" 노래를 마
치자 자신도 또한 하수에 몸을 던져서 죽었다. 자고가 거문고를 당겨
서 노래를 지었다. 그래서 「공후인」이라고 한다.

『琴操』 箜篌引者, 朝鮮津卒霍里子高所作也. 有一征夫, 披髮提
壺, 涉河而渡, 其妻追止之, 不及, 墮河而死, 妻乃號天噓唏, 鼓箜篌
而歌曰, "公無渡河, 公竟渡河. 墮河而死, 公當奈何?". 曲終, 亦投河
死, 子高援琴, 作其歌, 故曰, 箜篌引. (陳元龍[19], 『格致鏡原』 卷46
樂器 卷2)

당자서(唐子西)가 말하기를, "옛날 악부에 제목을 붙인 것은 모두
주로 하는 뜻이 있었다. 그런데 후인들 가운데 악부로 제목을 삼은
자들은 마땅히 그 사람[악부의 주인공]을 대신하여 말을 두어야만 한
다. 예를 들면 「공무도하」는 모름지기 아내가 지아비를 말리는 말로

---

19) 陳元龍 : 1652-1736. 청나라 절강 해녕(海寧) 사람. 자는 광릉(廣陵), 호는 건재(乾
齋). 강희(康熙) 24년 진사가 되어 편수에 제수되었고, 벼슬은 예부상서에 이르렀
다. 저서에 『애일당집(愛日堂集)』이 있다.

지어야 하는데, 태백(太白) 등은 혹 그것을 잃었다."라고 하였다. 오단생(吳旦生)은 말하노라. "『고금주』의 「공후인」은 곧 「공무도하」이다. 조선진졸인 곽리자고의 아내 여옥이 지은 것이다. 자고가 아침 일찍 일어나 배를 수리할 때, 어떤 흰머리의 미친 사람이 머리를 풀어헤치고 병을 들고 거세게 흐르는 물을 건너려고 하였다. 그 아내가 따라와 부르짖으며 말렸으나, 그녀가 이르지도 아니해서 마침내 물에 빠져서 죽었다. 이에 공후를 당겨 그것을 타면서, 공무도하가를 지었는데, 곡을 마치자 자신도 하수에 몸을 던져 죽었다. 자고가 돌아와서 그 소리를 아내 여옥에게 말해주었더니, 여옥이 공후로 그 소리를 그리고, 「공후인」이라고 하였다. 내가 조식(曹植)이 읊은 것을 보니, '높다란 전각에 술자리를 마련하고, 친한 벗과 함께 술을 마신다.[置酒高殿上, 親友從我遊.]'라 하였는데, 이는 때가 되어 즐겁게 노는 것을 말한 것 같다. 또 말하기를, '오래된 약속은 잊을 수 없고, 목숨을 가벼이 하고 의를 중시한다.[久要不可忘, 薄終義所尤.]'라 하였는데, 이는 사귀는 정에 대해 말한 것처럼 보이니, 옛 가사의 뜻이 아니다. 이백(李白)에게는 두 편이 있는데, 하나는 「공무도하」이니 황하를 건너는 일에 대해 말했고, 다른 하나는 「공후인」이니 사귀는 정에 대해 말하였으니, 이것이 자서가 말한 대로 본뜻을 잃은 것이다. 오정자(吳正子)가 말하기를, 앞의 작품들을 내려 보니, 대개 「공후인」으로 제목을 삼은 것은 늙은이가 물에 빠지는 것을 말하지 않았고, 「공무도하」로 제목을 삼은 것은 모두 늙은이가 물에 빠지는 것에 대해 말하였다고 하였는데, 악부(樂府)를 말하기에 부족하다."

唐子西曰, "古樂府命題, 皆有主意. 後人用樂府爲題者, 當代其人
而措辭, 如公無渡河, 須作妻止其夫之詞, 太白輩或失之." 吳旦生曰,
"古今注箜篌引, 卽公無渡河. 霍里子高妻麗玉所作, 子高晨起刺船,
有白首狂夫, 被髮提壺, 亂流而渡, 其妻隨止, 不及, 遂溺死. 於是,
援箜篌鼓之, 作公無渡河之曲, 曲終, 亦投河死. 子高還, 以聲語麗
玉, 麗玉以箜篌, 寫其聲, 曰, 箜篌引." 余觀曹植云, "置酒高殿上, 親
友從我遊." 似言及時行樂. 又云, "久要不可忘, 薄終義所尤." 似及交
情, 大非古辭之意. 李白有二篇一曰, 「公無渡河」, 乃言渡河事, 一曰,
「箜篌引」, 亦言交情, 此子西所謂失之也. 吳正子謂歷觀前作, 大抵
以箜篌引命題者, 不言曳溺, 以公無渡河命題者, 則及之, 皆不足語
樂府矣. (吳景旭[20]), 『歷代詩話』卷24 古樂府 箜篌引)

〰️

『금조』에 이르기를, "「공후인」은 조선진졸인 곽리자고가 지은 것이
다. 곽리자고가 아침 일찍 일어나 배를 수리하며 씻고 있을 때, 어떤
흰머리의 미친 사람이 머리를 풀어헤치고 병을 들고 물을 건너려고
하였다. 그 아내가 따라와 부르짖으며 말렸으나, 그녀가 이르지도 아
니해서 마침내 하수에 빠져서 죽었다. 이에 하늘을 우러러 슬피 울다
가 공후를 타면서 노래를 불렀다. 노래를 마치자 하수에 몸을 던져서
죽었다. 자고가 거문고를 당겨서 그 소리를 노래 불렀으므로, 「공후
인」이라고 하였다."라고 하였다.

---

20) 吳景旭 : 명말청초 절강(浙江) 귀안(歸安) 사람. 자는 단생(旦生), 혹은 우단(又
旦), 호는 인산(仁山)이다.

『琴操』曰, "箜篌引者, 朝鮮津卒霍里子高所作也. 子高晨刺船而濯,
有一狂夫, 被髮提壺而渡, 其妻追止之, 不及, 墮河而死. 乃號天獻欷,
鼓箜篌而歌, 曲終, 投河而死. 子高援琴, 作其歌聲, 故曰 '箜篌引'."
(『御定淵鑑類函』卷188 樂部5)

「공후인」:『고금주』에 이르기를 곽리자고가 배를 수리하며 노를
젓고 있을 때, 어떤 흰머리 늙은이가 거세게 흐르는 물에 뛰어 들어
건너려고 하였다. 그 아내가 따라서 부르며 그를 말렸으나, 이르기도
전에 마침내 하수에 빠져서 죽었다. 이에 공후를 당겨서 타며 공무도
하가를 지었다. 노래를 마치자 자신도 하수에 몸을 던져서 죽었다.
자고가 돌아와서 그 소리를 아내 여옥에게 이야기하니, 여옥이 그것
을 가슴아프게 생각하여, 공후를 당겨서 그 소리를 묘사하였다. 그래
서 이름을 「공후인」이라 하였다.

箜篌引:『古今注』霍里子高刺船而櫂, 有一白首狂夫, 亂流而渡,
其妻隨呼止之, 不及, 遂墮河而死. 於是 援箜篌而鼓之, 作公無渡河
之歌, 曲終, 自投河而死. 子高還, 以其聲, 語妻麗玉, 玉傷之, 乃引箜
篌, 而寫其聲. 名曰, 箜篌引. (『御定佩文韻府』卷41 上聲11 軫韻)

조선진졸인 곽리자고의 아내 여옥이 지은 것이다. 자고가 아침 일

찍 일어나 배를 수리할 때, 어떤 흰머리의 미친 사람이 머리를 풀어
헤치고 병을 들고 거세게 흐르는 물을 헤엄쳐서 건너려고 하였다. 그
아내가 따라와 부르짖으며 말렸으나, 그녀가 이르지도 아니해서 마
침내 하수에 빠져서 죽었다. 이에 공후를 당겨 노래를 불렀는데, 곡
을 마치자 자신도 하수에 몸을 던져 죽었다. 자고가 돌아와서 여옥에
게 알리니, 여옥이 매우 가슴아파하며, 이에 공후를 당겨서 그 소리
를 그리고, '공후인'이라고 하였다. 공후는 곡의 이름이다. "임이여 하
수를 건너지 마오, 임이 마침내 하수를 건넜네. 하수에 빠져 죽으니,
장차 임을 어찌할거나?" 한 구절에 한 번 바뀌고, 한 번 바뀜에 한
번 우니, 마디는 짧지만 음조는 슬프니, 그 소리는 절로 예스럽다.

朝鮮津卒霍里子高妻麗玉所作也. 子高晨起刺船, 有一白首狂夫,
亂流而渡, 其妻隨呼止之, 不及, 遂墮河水死. 於是, 援箜篌而歌, 曲
終亦投河而死. 子高歸告麗玉, 麗玉傷之, 乃引箜篌而寫其聲, 名曰
箜篌引, 箜篌曲名, 公無渡河, 公竟渡河, 墮河而死, 將奈公何. 一句
一轉, 一轉一哭, 節短調悲, 其音自古. (『古唐詩合解讀本』第1卷,「漢
樂府 箜篌引」)

최표의 『고금주』에 다음과 같은 내용이 있다. "「공후인」은 조선진
졸인 곽리자고의 아내 여옥이 지은 것이다. 자고가 아침 일찍 일어나
배를 수리하고 노를 젓고 있을 때, 어떤 흰머리의 미친 사람이 머리
를 풀어헤치고 병을 들고 거세게 흐르는 물을 건너려고 하였다. 그

아내가 따라와 부르짖으며 말렸으나, 그녀가 이르지도 아니해서 마침내 하수에 빠져서 죽었다. 이에 공후를 당겨 타면서 공무도하의 노래를 지었다. 소리가 매우 서글프고 처량하였는데, 곡을 마치자 자신도 하수에 몸을 던져 죽었다. 곽리자고가 돌아와서 그 소리를 아내 여옥에게 이야기해주었더니, 여옥이 매우 가슴아파하였다. 공후를 당겨서 그 소리를 그렸더니, 듣는 사람이 눈물을 흘리며 흐느끼지 않는 사람이 없었다. 여옥이 그 소리를 이웃 여자인 여용에게 전하고 이름을 「공후인」이라 하였다." 생각건대, 조선진은 곧 대동강이다. 그런데 이백의 「공무도하」에서는 "황하가 서쪽에서부터 곤륜산(崑崙山)에서 시작되고, 만리를 포효하다가 용문(龍門)21)에 부딪는다.[黃河西來決崑崙, 咆哮萬里觸龍門.]"이라 하였으니, 비록 시인의 말이라고는 하나 용사를 한 것이 사실과 어긋나니 본받을 것이 못된다.

崔豹古今注曰, 箜篌引, 朝鮮津卒霍里子高妻麗玉所作也. 子高晨起, 刺船而櫂, 有一白首狂夫, 被髮提壺, 亂流而渡. 其妻隨呼止之, 不及, 遂墮河水死. 於是, 援箜篌而鼓之, 作公無渡河之歌, 聲甚悽愴, 曲終自投河而死, 霍里子高還, 以其聲, 語妻麗玉, 玉傷之, 引箜篌而寫其聲, 聞者莫否墮漏飲泣焉. 麗玉以其聲傳隣女麗容, 名曰, 箜篌引焉. 按朝鮮津, 卽今大同江也, 而李白公無渡河, "黃河西來決崑崙, 咆哮萬里觸龍門" 雖曰, 詩人之語, 使事失實, 不可法. (車天輅22), 『五

21) 용문(龍門) : 용문산(龍門山). 『원화군현도지(元和郡縣圖志)』 권12의 하동도(河東道) 강주(絳州) 용문현(龍門縣)에 "북쪽으로 현과 25리 떨어진 곳이 곧 용문구(龍門口)이다."라고 하였다.
22) 차천로(車天輅) : 1556(명종 11)~1615(광해군 7). 조선 중기의 문신. 본관은 연안(延

山說林草藁』)

⁂

「공후인」: 조선진졸인 곽리자고가 하수에서 배를 수리하다가 어떤 미친 사람이 머리를 풀어헤치고 병을 들고 거세게 흐르는 물을 건너 다가 마침내 **빠져** 죽는 것을 보았다. 그 아내가 따라와 부르짖으며 말렸으나, 미치지 못하였다. 이에 노래를 지어 "임이여 하수를 건너 지 마오, 임이 마침내 하수를 건넜네. 물에 빠져 죽으니, 내 임을 어 찌할거나?"라고 하였다. 그리고는 자신도 또한 하수에 몸을 던져 죽 었다. 곽리자고가 돌아와서 그 이야기를 아내 여옥에게 해주었는데, 여옥이 공후를 당겨서 그 소리를 그렸더니, 듣는 사람이 눈물을 흘리 며 흐느끼지 않는 사람이 없었다. 그 곡을 「공무도하」라고 하였는데, 혹 「공후인」이라고도 한다.

箜篌引: 朝鮮津卒霍里子高, 刺船于河, 見一狂夫, 被髮提壺, 亂流 而渡, 遂墮死. 其妻隨而止之, 不及. 乃歌云, "公無渡河, 公竟渡河, 墮河而死, 當奈公何." 亦投河而死, 子高歸語其妻麗玉, 麗玉引箜篌, 以寫其聲, 聞者莫不墮淚, 名其曲曰, 公無渡河, 一名曰箜篌引. (權

安). 자는 복원(復元), 호는 오산(五山)·귤실(橘室)·청묘거사(淸妙居士). 송도(松 都)출신. 1577년(선조 10) 알성문과에 병과로 급제하여 개성교수(開城敎授)를 지냈 고, 1583년 문과중시에 을과로 급제하였다. 봉상시판관(奉常寺判官)을 거쳐 1601년 교리가 되어 교정청(校正廳)의 관직을 겸임하였고, 광해군 때 봉상시첨정을 지냈다. 1589년 통신사 황윤길(黃允吉)을 따라 일본에 다녀왔다. 그때 얼마 되지 아니한 기 간이었으나 4,000~5,000수의 시를 지어 일인들을 놀라게 하였다. 저서로『오산집(五 山集)』·『오산설림(五山說林)』, 작품으로 「강촌별곡(江村別曲)」 등이 있다.

文海23), 『大東韻府群玉』 제10권, 上聲)

「공후인」은 또한 '공무도하'라고도 한다. 악부의 서문에서 말하기를, "조선진졸인 곽리자고의 아내 여옥이 지은 것이다."라고 하였다. 이 가사는 고악부에 실려 있는데, 우리나라에는 전해지는 바가 없으니, 애석하다.

「箜篌引」亦曰, '公無渡河' 樂府序云, 朝鮮津卒霍里子高妻麗玉所作, 此詞載於古樂府, 而我國無傳者, 可惜. (李睟光24), 『芝峰類說』

---

23) 권문해 權文海 1534(중종29)~1591(선조24). 조선 중기의 문신·학자로, 본관은 예천(醴泉), 자는 호원(灝元), 호는 초간(草澗)이다. 대대로 문학과 명정을 숭상하는 집안에서 아버지의 엄정한 가르침을 받았고, 1660년(명종15)에 별시문과에 병과로 급제하여 벼슬에 나아갔지만, 당색으로 인하여 끝내 품계로는 통정대부, 직함으로는 승지 이상을 벗어나지 못하다가 부호군(副護軍)으로서 죽었다. 이황의 문하에서 수학하였으며, 퇴계 사후에 퇴계를 숭모하는 일에 적극적이었다. 김성일(金誠一)·유성룡(柳成龍)·김우옹(金宇顒) 등 당대의 명사들과 교류하였다. 그가 편찬한 『대동운부군옥』은 우리나라의 문적을 널리 참고하여 단군시대로부터 편찬 당시까지의 지리·역사·인물·문학·식물·동물 등을 총망라하여 운별로 분류한 백과사전이다. 이밖에 저술로 문집인 『초간집』, 그리고 세 종의 일기가 전해지고 있다.

24) 李睟光 : 1563(명종18)-1628(인조6). 조선시대의 유학자, 문학자. 자는 윤경(潤卿)이고, 호는 지봉(芝峯). 시호는 문간(文簡). 본관은 전주(全州)임. 20세에 진사가 되었고, 1585년(선조 18)23세에 승문원부정자가 되었으며, 1623년 인조반정이 되자 도승지 겸 홍문관제학으로 임명되고 대사간·이조참판·공조참판을 역임하였다. 1628년 7월 66세에 이조판서에 임명되었으나 그해 12월에 세상을 떠났다. 저술로는 『지봉집』 31권, 부록 3권이 있으며 『찬록군서(纂錄群書)』 25권이 있다고는 하나 확실하지 않다. 시호는 문간(文簡)이다.

卷10, 「古樂府」)

　　　　　　　　　🎋

　　진리(津吏)의 아내가 지은 고악부(古樂府)로 『금조』의 구인(九引)
가운데 「공후인」이 있는데 또한 「공무도하」라고도 한다. 조선의 진리
곽리자고의 아내 여옥이 지은 것이다. 자고가 아침에 일찍 일어나 배
를 수리하다가 어떤 흰머리의 미치광이가 머리를 풀어헤치고 병을
들고 거세게 흐르는 물을 건너는 것을 보았다. 그 아내가 따라와 부
르며 그를 말렸으나 이르기도 전에 물에 빠져 죽었다. 아내가 공후를
당겨서 노래 부르기를, '임이여! 하수를 건너지 마오, 임은 그예 하수
를 건넜네. 임이 하수에 빠져 죽으니, 장차 임을 어찌 해야 하나?'라
고 하였다. 소리가 매우 슬펐는데, 노래를 마치자 자신도 또한 하수
에 몸을 던져서 죽었다. 자고가 집으로 돌아와서 그 일을 아내 여옥
에게 이야기하자, 여옥이 매우 가슴아파하며, 이에 공후를 당겨서 그
소리를 그렸다.

　　津吏婦古樂府, 琴操九引箜篌引, 亦曰, 公無渡河. 朝鮮津吏霍里
子高妻麗玉所作. 子高晨起刺船, 見一白首狂夫, 被髮携壺, 亂流而
渡. 其妻隨呼止之, 不及, 遂溺死. 妻乃援箜篌而歌曰, "公無渡河, 公
終渡河, 公墮河而死, 將奈公何?" 聲甚悽愴, 曲終, 亦投河而死, 子高
還, 以其事, 語麗玉, 麗玉傷之, 乃引箜篌而寫其聲. (柳得恭[25]), 「二十

<hr>

25) 유득공(柳得恭) : 1749(영조 25)~? 조선 후기의 실학자. 본관은 문화(文化), 자는
　　혜보(惠甫)·혜풍(惠風), 호는 영재(泠齋)·영암(泠庵)·고운당(古芸堂). 영조 때

一都懷古詩」, 衛滿朝鮮)

『태평어람』에 다음과 같은 내용이 있다. 한나라 때 곽리자고는 조선 사람이다. 아침 일찍 일어나 배를 수리하다가 어떤 흰머리의 미친 사람이 머리를 풀어헤치고 병을 들고 거세게 흐르는 물을 건너려고 하는 것을 보았다. 그 아내가 따라와 부르짖으며 말렸으나, 미치지 못하여 마침내 물에 빠져서 죽었다. 이에 공후를 당겨 타면서 노래하기를, "임이여 하수를 건너지 마오, 임이 마침내 하수를 건넜네. 하수에 빠져 죽으니, 장차 임을 어찌할거나?"라고 하였다. 소리가 매우 처절하였는데, 곡을 마치자 자신도 하수에 몸을 던져 죽었다. 자고가 돌아와서 그 소리를 아내 여옥에게 이야기해주었더니, 여옥이 매우 가슴아파하였다. 공후를 당겨서 그 소리를 그리고, 「공후인」을 지었다. 내가 열하에 있을 때 태학에서 악기를 둘러보았는데, 공후라는 것은 없었다. 북경의 유리창에 사람을 시켜 여러 차례 구하였으나, 얻지를 못하였다. 그 악기가 어떻게 생긴 것인지 모르겠다.

『太平御覽』云, 漢時 霍里子高, 朝鮮人也. 晨起刺船, 見一白首狂

진사시에 합격하고, 시문에 뛰어난 재질이 인정되어 1779년(정조 3) 규장각검서(奎章閣檢書)로 들어가 활약이 컸으며, 그뒤 제천·포천·양근 등의 군수를 거쳐 말년에는 풍천부사를 지냈다. 저서로는 『경도잡지(京都雜志)』·『영재집(泠齋集)』·『고운당필기(古芸堂筆記)』·『앙엽기(盎葉記)』·『사군지(四郡志)』·『발해고(渤海考)』·『이십일도회고시(二十一都懷古詩)』 등이 있다. 특히 『경도잡지』는 조선시대 시민생활과 풍속을 연구하는 데 귀중한 서적이며, 『발해고』는 그의 학문의 깊이와 사상을 규명하는 데 있어서 중요한 저서이다.

夫, 被髮提壺, 亂流而渡, 其妻止之, 不及, 遂溺死. 妻乃携箜篌而鼓之, 歌曰, "公無渡河, 公竟渡河, 墮河而死, 當奈公何?" 音甚悽切, 曲終, 亦投河而死. 子高還, 以其聲, 語妻麗玉, 玉傷之, 引箜篌而寫其聲, 爲箜篌引. 余在熱河, 太學閱樂器, 無所謂箜篌者, 皇城琉璃廠中, 多使人求之, 而適未得果, 不識其製. (朴趾源26), 『熱河日記』, 「銅蘭涉筆」)

공후인 : 「공후인」은 조선의 진졸 곽리자고의 아내 여옥이 지은 것이다. 자고가 아침에 일찍 일어나서 배를 수리하고 씻을 때, 어떤 흰머리 미치광이가 머리를 풀어헤치고 거센 물결에 뛰어들어 건너려 하였다. 그 아내가 따라와 부르며 말리려고 하였으나, 이르기도 전에 하수에 빠져서 죽었다. 그 아내는 공후를 당겨서 타면서 공무도하의 노래를 지었는데, 소리가 매우 슬프고 처량하였다. 노래를 마치자 자신도 하수에 몸을 던져서 죽었다. 자고가 돌아와 그 소리를 아내 여옥에게 이야기하니 여옥이 그것을 가슴아프게 생각하여 이에 공후를 가져다가 그 소리를 그렸다. 듣는 사람들이 눈물을 흘리며 흐느껴

---

26) 朴趾源 : 1737(영조13)~1805(순조5). 조선시대의 문신, 학자. 자는 미중(美仲), 중미(仲美)이고, 호는 연암(燕巖)·연상(煙湘)·열상외사(洌上外史). 본관은 반남(潘南)임. 1786년에 음사(蔭仕)로 선공감 감역에 제수된 것을 시작으로 1789년 평시서주부(平市署主簿)·사복시주부(司僕寺主簿), 1791년 한성부판관, 1792년 안의현감(安義縣監), 1797년 면천군수(沔川郡守), 1800년 양양부사를 지냈다. 그는 안의현감 시절에 북경여행의 경험을 토대로 실험적 작업을 시도하였으며, 면천군수 시절에는 『과농소초(課農小抄)』·「한민명전의(限民名田議)」 등을 남겼다. 저서로는 『열하일기』와 『연암집』이 있다. 1910년(순종 4)에 좌찬성에 추증되고, 문도(文度)의 시호를 받았다.

울지 않는 사람이 없었다. 여옥이 그 소리를 이웃 여자인 여용에게 전하고, 이름을 공후인이라 하였다. 『고금주』에서 인용했다.

　생각건대 조선은 곧 한나라 때 낙낭군(樂浪郡)에 있던 조선현(朝鮮縣)이다. 여옥이 지은 「공후인」은 『고시기(古詩紀)』에 그 가사가 실려 있다. (가사는 『예문유취』에 보인다.) 또한 「공무도하」라고도 한다. 또 『금조(琴操)』의 구인(九引) 가운데 「공후인」이 있는데, 모두 여옥에게서 근본한 것이다.

　箜篌引 : 箜篌引 朝鮮津卒霍里子高妻麗玉所作也. 子高晨起刺船而濯, 有一白首狂夫, 披髮提壺, 亂流而渡. 其妻隨呼止之, 不及, 墮河水死. 妻乃援箜篌而鼓之, 作公無渡河之歌, 聲甚悽愴, 曲終, 自投河而死. 子高還, 以其聲, 語妻麗玉, 玉傷之, 乃引箜篌, 而寫其聲, 聞者, 莫不墮淚掩泣. 麗玉以其聲, 傳隣憐女麗容, 名曰, 箜篌引. 古今注

　按朝鮮, 則漢時樂浪郡朝鮮縣也, 麗玉所製箜篌引, 古詩紀載其詞(詞見藝文) 亦曰, 公無渡河, 又琴操九引, 有箜篌引, 皆本於麗玉也. (韓致奫27), 『海東繹史』 卷22, 「樂歌」 樂舞)

---

27) 韓致奫 : 1765영조41)-1814(순조14). 조선시대의 학자. 자는 대연(大淵)이고, 호는 옥유당(玉蕤堂). 본관은 청주(淸州)임. 남인이 중앙정치에서 힘을 잃은 조선후기 정치현실에서 그는 1789년(정조 13) 진사시에만 합격하였을 뿐 문과에는 응시를 하지 않고 학문에만 진력하였고, 『해동역사』를 남겼다.

제3장 「공후인」 연구논저 목록

1. 일반연구

양재연, 「공무도하가 소고」 (『국어국문학』 5, 국어국문학회, 1953.)

동　달, 「공무도하고」 (『한국언어문학』 28, 한국언어문학회, 1990.)

송재주, 「공후인에 대하여」 (『한실이상보박사회갑기념논총』, 형설출판사, 1987.)

윤영옥, 「공후인과 공무도하가」 (『한국고시가의 연구』, 형설출판사, 1995.)

전규태, 「공무도하가고」 (『국어국문학논문집』-이규창박사정년기념, 집문당, 1992.)

정무룡, 「공무도하가 시고」 1.2 (『용연어문논집』 1-2, 부산산업대 국어국문학과, 1983-1984.)

서수생, 「공후인연구」 (『한국시가연구』, 형설출판사, 1974.)

2. 이른바 새로운 연구

최신호, 「공후인이고」 (『동아문화』 10, 서울대 동아문화연구소, 1971.)

김학성, 「공후인의 신고찰」 (『관악어문연구』 3, 서울대 국어국문학과, 1978.)

김영수, 「공무도하가 신해석-백수광부의 정체와 피발제호의 의미를 중심으로-」 (『한국시가연구』 3, 한국시가학회, 1998.)

서수생, 「공후인신고」 (『어문학』 제7집, 1961.)

3. 비교연구

최동국, 「상고한역가요의 성격」(『문학과 언어』 3, 문학과 언어연구회, 1982.)

최두식, 「시경과 공후인」(『국어국문학논문집』 5, 동아대학교, 1983.)

김준영, 「궁중악상으로 본 「공무도하가」의 이해」(『국어국문학논문집』-이규
창박사정년기념, 집문당, 1992.)

권혁건, 「나쓰메 소세키의 『몽십야』 「제사야」와 한국 고전문학 「공무도하가」에
나타난 죽음의 이미지 비교」(『일본어문학』 제12집)

이완형, 「「공무도하가」와 「제망매가」의 만가적 성격에 대하여」(『어문연구』 제
24, 1993.)

김학성, 「상대시가의 미의식 유형체계」(『한국언어문학』 제17, 18집, 한국언어
문학회)

박정혜, 「고대 시가에 나타난 부부상 연구」(『영남어문학』 제31집)

박춘우, 「고시가에 나타난 한의 맺힘과 풀림」(『대구어문논총』 제11집)

4. 원전 및 고증 연구

진갑곤, 「열하일기 소재의 공후인 기록검토」(『문학과 언어』 11, 문학과 언어연
구회, 1990.)

김현룡, 「공무도하가 고증의 몇 문제」(『성봉 김성배박사 회감기념논문집』, 형
설출판사, 1977.)

지준모, 「공무도하가고정」(『국어국문학』 62·63, 국어국문학회, 1973.)

유종국, 「공무도하가론」-악부의 원전연구를 통한 접근 (『국어문학』)

이해산, 「조기의 문헌자료로 읽어 본 「공후인」」(『목원어문학』 제13집)

5. 신화 및 설화연구

이규춘, 「'공무도하가' 설화 별고-인물분석을 중심으로」(『충남대 대학원 논문
집』 10, 1990.)

임갑랑, 「공무도하가의 원형적 연구」(『한국학논집』 14, 계명대 한국학연구소, 1987.)

유경환, 「공무도하가에 나탄 물의 상징적 의미와 기능」

민긍기, 「원시가요연구」(3) (『사림어문연구』 제9집)

6. 형성배경연구

성기옥, 「공무도하가연구」 (서울대 박사학위논문, 1989.)

성기옥, 「공무도하가 형성의 역사적 배경」 (『울산어문논집』 5, 울산대 국어국문학과, 1989.)

사재동, 「'공무도하' 전승의 문학적 연구-그 희곡적 실상을 중심으로」 (『모산악보』 1, 모산학술연구소, 1990.)

7. 성격, 의미, 구조 연구

정하영, 「공무도하가의 성격과 의미」 (『한국고전시가작품론』 1, 집문당, 1992.)

최우영, 「공무도하가의 발생과 그 의미」 (『한국고전시가사』, 집문당, 1997.)

이문구, 「공무도하가의 사실적 구조」 (『한국고전문학연구』-낙은 강전섭선생화갑기념논총, 창학사, 1992.)

황재군, 「해동 여성시가의 원류 공무도하 노래 연구」 (『명지어문학』 제16권, 1984.)

이어령, 「광부의 생과 서정시의 원형」 (『고전을 읽는 법』, 갑인출판사)

성기옥, 「공무도하가와 한국 서정시의 전통」 (『고전시가 엮어 읽기』, 박노춘 주편)

8. 종합연구

이영태, 「공무도하곡론」 (『한국학연구』 제6, 7합집)

김성기, 「공무도하가의 해석」 (『한국문학사의 쟁점』, 집문당, 1986.)

조기영, 「공무도하가 연구에 있어서 열 가지 쟁점」 (『목원어문학』 14집, 1996.)

제2편 공후인 작품 및 그 자료

제1장 한위진남북조(漢魏晉南北朝)

1
□ □ □ ■ ■ ■

箜篌謠

무명씨

벗과 사귐은 마음을 얻는 데에 있으니,
골육끼리만 하필 친하다 하랴?[1]
달콤한 말에는 성실한 마음이 없는데,
세상 인심 박해지자 소진(蘇秦)[2]이 훌륭하다 하네.

---

1) 도연명의 시에도 "세상에 태어나면 모두 형제인데, 하필이면 골육만 친하다 하랴? (落地爲兄弟, 何必骨肉親?)"이란 구절이 있다.

2) 소진(蘇秦) : ?-기원전 284. 전국시대 낙양 사람. 자는 계자(季子). 귀곡자(鬼谷子)를 스승으로 모시며 종횡가의 학설을 배웠다. 그는 처음에 제후를 찾아다니며 유세를 하였으나 받아들여지지 않아, 비루먹은 당나귀가 되어 집으로 돌아왔다. 그랬더니 아내도 자신을 업신여기고, 부모도 자식 취급을 하지 않았다. 나중에 성공하여 집에 들르자, 가족들이 모두 환대하였을 뿐만 아니라 형수는 기어서 앞으로 와 사죄하였다. 그래서 소진이 무엇 때문에 전에는 거만하게 굴더니 지금은 이처럼 비굴하게 구느냐고 묻자, 형수는 지금은 지위도 높고 돈도 많기 때문이라 했다. 그래서 소진은 사람이 살아가는 데 부귀가 매우 중요하다는 것을 깨달았다는 것이다.

바람을 따라 풀은 잠시 쓰러지고,
부귀했을 때는 하늘에 오르는 기분이라.
산꼭대기의 나무를 보지 못하였는가?
꺾이어 내려와서 땔나무가 된다네.
우물 속의 진흙임을 어찌 달게 생각하랴?
우물 위로 나와 먼지가 되는 것을.

結交在相得,　　　骨肉何必親.
甘言無忠實,　　　世薄多蘇秦.
從風暫靡草,　　　富貴上昇天.
不見山顚樹,　　　摧抎下爲薪.
豈甘井中泥,　　　上出作埃塵.

(『樂府詩集』 권 87 「雜歌謠辭」 5)

2

□ □ ▫ ▪ ▪ ▪ ▪

箜篌引

조식(曹植)[3]

높다란 전각에 술자리를 마련하고,

친한 벗과 함께 술을 마신다.

부엌에서는 넉넉히 음식을 장만하느라,

양을 삶고 살찐 소를 잡는다.

진쟁(秦箏)[4]은 어찌 그리도 강개하며,

제슬(齊瑟)[5]은 조화로우면서도 부드럽다.

양아(陽阿)[6]에서는 기이한 춤을 추고,

---

3) 조식(曹植) : 192~232. 삼국시대 위의 시인. 자는 자건(子建). 진사왕(陳思王)으로
도 불린다. 무제 조조(曹操)의 아들이며, 문제 조비(曹丕)의 동생이다. 태자 계승
문제로 인한 암투로 평생 불우한 처지에 놓여 있었다. 육친의 불화를 상징적으로
노래한 「칠보시(七步詩)」가 유명하다. 건안문학(建安文學)의 중심적 존재였고, 오
언시를 서정시로 완성시켜 후세에 끼친 영향이 크다. 역경과 고난을 읊은 대표작
「증백마왕표칠수 (贈白馬王彪七首)」와 「기부시(棄婦詩)」 「칠애시(七哀詩)」 등이
있다. 그밖에 부(賦), 송(頌), 명(銘), 표(表)에 능했는데, 「낙신부 (洛神賦)」와 「유사
부 (幽思賦)」가 유명하다. 송나라 때 편찬된 『조자건집 (曹子建集)』이 있다. (『삼국
지』『위지』「진사왕전」)

4) 진쟁(秦箏) : 현악기의 일종인 쟁을 고쳐 만든 악기. 쟁은 본래 다섯 줄이었고 모
양은 축(筑)과 같았는데, 진나라 때 몽염(蒙恬)이 이를 고쳐 열두 줄로 하고, 모양
도 슬(瑟)과 같이 바꿨으므로 이렇게 부른다.

5) 제슬(齊瑟) : 슬은 현악기의 일종으로, 줄이 열아홉 개, 스물세 개, 스물다섯 개,
쉰 개 등 서로 다르다. 그런데 제나라의 수도인 임치(臨淄)에서는 이 악기가 매우
보편적으로 쓰였기 때문에 이렇게 부른다.

6) 양아(陽阿) : 지명으로 지금의 산서 봉대 북쪽에 있다. 『한서』「외척전」에 의하면,

경락(京洛)에서는 이름난 노래를 부른다.

즐거이 석 잔을 넘게 마시니,

허리띠를 풀어놓고 반찬을 먹는다.

주인은 천금으로 축수(祝壽)7)를 하고,

손님은 만년이나 살라고 술잔을 올린다.

오래된 약속8)은 잊을 수 없고,

목숨을 가벼이 하고 의를 중시한다.

겸손은 군자의 덕이지만,

허리를 굽혀9) 무엇을 구하려는가?

놀란 바람은 대낮에 불고,

밝은 해는 서쪽으로 달려간다.

젊은 날은 다시는 오지 않고,

인생 백년은 문득 다가온다.

살아서는 아름다운 집에서 지내다가,

죽어서는 산언덕으로 돌아간다.

성제의 조비연이 미천했을 때, 양아공주의 집에서 가무를 배웠다고 한다.

7) 천금수(千金壽) : 귀중한 예물을 주면서 축수하는 것을 이름. 『사기』 「노중련추양 열전(魯仲連鄒陽列傳)」에서 나온 말이다. 전국 시대에 노중련이 조나라를 위해 진 나라 군대를 물리쳤지만, 평원군(平原君)의 봉함을 받지 않았다. 그러자 "평원군이 술자리를 마련하고, 술이 어우러지자 일어나 그의 앞으로 가서 천금으로 노중련을 축수하였다"고 한다.

8) 오래된 약속 : '久要'를 해석한 말. 『논어』 「헌문」에 "久要不忘平生之言, 亦可以 爲成人矣"라 하였다.

9) 허리를 굽혀 : '磬折'을 해석한 말. 경쇠처럼 허리를 굽혀 인사하는 것. 경은 경쇠 라고 하는데 옛날의 악기의 일종으로, 돌이나 쇠로 만들었는데 ㄱ자처럼 가운데가 꺾여 있다.

옛 사람 가운데 누군들 죽지 않으랴?

천명을 아니[10] 다시 무엇을 근심하랴?

置酒高殿上,	親友從我游.
中廚辦豊膳,	烹羊宰肥牛.
秦箏何慷慨,	齊瑟和且柔.
陽阿奏奇舞,	京洛出名謳.
樂飮過三爵,	緩帶傾庶羞.
主稱千金壽,	賓奉萬年酬.
久要不可忘,	薄終義所尤.
謙謙君子德,	磬折欲何求.
驚風飄白日,	光景馳西流.
盛年不可再,	百年忽我遒.
生存華屋處,	零落歸山丘.
先民誰不死,	知命復何憂.

(張溥 輯評, 『三曹集』「陳思王集」)

---

10) 천명을 아니 : '知命'을 해석한 말. 천명을 안다는 뜻이다. 지천명과 같은 말. 『주역』에 "樂天知命, 故不憂"라는 말이 있다.

3

□ □ □ ■ ■ ■ ■

公無渡河

유효위(劉孝威)[11]

임이시여! 하수를 건너지 마오,

하수는 넓고 바람은 거세다오.

상앗대가 쓰러지자 금오(金烏)[12]도 떨어지고,

배가 기울자 서예(犀枻)[13]도 잠겼다.

비단 일산 펴고 부질없이 제사를 지내고,

백마나루에서는 한갓 희생을 잡아 제사를 지낸다.

돌을 물어다[14] 동해를 메운 것 제 마음을 아프게 하고요,

---

11) 유효위(劉孝威) : 496-549. 유효작(劉孝綽)의 여섯 번째 동생. 기조가 상일하고 풍의가 준거하다. 처음에 안북(安北) 진안왕(晉安王)의 법조(法曹)가 되었다가 뒤에 태자세마(太子洗馬), 중사인(中舍人), 서자(庶子), 솔경령(率更令)이 되었고, 아울러 관기(管記)도 맡았다. 태청(太淸) 중에 중서자(中庶子)로 옮겼고 겸하여 통사사인(通事舍人)이 되었다. 태청 3년(549)에 후경(侯景)의 난이 일어나자 사주자사(司州刺史) 유중례(柳仲禮)를 따라 포위를 뚫고 탈출하여, 서쪽으로 올라가 안륙(安陸)에 이르러 죽었다. 문집 10권이 있다.

12) 금오(金烏) : 고대 신화에 태양 가운데 삼족오(三足烏)가 있다고 했는데, 이 때문에 태양을 대신 일컫는 말로 쓰인다. 한(漢)나라 유정(劉楨)의 『청려부(淸慮賦)』에 "아름다운 나무 푸른 잎, 그 위에 금오가 깃드네.[玉樹翠葉, 上棲金烏.]"라 하였고, 당(唐)나라 이섭(李涉)의 「기하양종사양잠(寄河陽從事楊潛)」 시에 "금오가 솟아오르자 바다는 피처럼 붉은데, 푸른 색 한 점 봉래산에 햇빛이 비치네.[金烏欲上海如血, 翠色一點蓬萊光.]"이라 하였다.

13) 서예(犀枻) : 서는 코뿔소 예는 배 젓는 노. 따라서 코뿔소의 뿔로 만든 노라는 뜻이나 노를 미화하여 말한 것이다.

14) 돌을 물어다 : 함석(銜石)을 번역한 말. 함석은 함석전해(銜石塡海)의 준말. 『산

성이 무너지자 과부가 눈물을 흘린다.[15]
칼이 춤추던 것 거센 물과 한가지라오.
혼이 가라앉자 이치도 함께 가버렸네.
그대는 시내를 다스리는 왕의 신하가 되고,
저는 강비(姜妃)[16]의 여동생이 되렵니다.

請公無渡河,　　　　河廣風威厲.
檣偃落金烏,　　　　舟傾沒犀柶.
紺蓋空嚴祀[17],　　　白馬徒牲[18]祭.
銜石傷寡心,　　　　崩城掩孀袂.
劍飛猶共水,　　　　魂沈理俱逝.
君爲川后臣[19],　　　妾作姜妃[20]娣.

(『樂府詩集』 권 87 「相和謠辭」 1)

해경(山海經)』「북산경(北山經)」에 "염제(炎帝)에게는 여왜(女娃)라는 어린 딸이
있었다. 여왜가 동해에 놀러 갔다가 물에 빠져 죽어 돌아오지 않았다. 이를 위해
정위(精衛)가 서산(西山)의 나무와 돌을 물어다가 동해를 메웠다."고 하였다.

15) 성이…흘린다 : 당나라 양형(楊炯)의 「원주백천현령이군신도비(原州百泉縣令李
君神道碑)」에 "竹死城崩, 杞婦孀娥之泣"이라 하였다.

16) 강비(姜妃) : 요임금의 딸로 순임금에게 시집간 두 딸 아황(娥皇)과 여영(女英). 이
들은 순임금이 남방을 순수하다 죽어 창오산(蒼梧山)에 묻히자, 상수에까지 갔다가
창오산을 바라보고 피눈물을 흘리고, 강에 투신하여 죽었다고 한다. 소상강(瀟湘江)
가에서 나는 반죽(斑竹)에 혈혼이 있는 것은 두 비의 피눈물 자국이라 한다.

17) 祀 : 『文苑英華』 210, 『詩紀』 권88, 『百三名家集』 등에 모두 "祠"로 되어 있다.

18) 牲 : 『악기』 권88, 『백삼명가집』 등에 "生"으로 되어 있다.

19) 臣 : 『문원영화』 권210의 주에 "一作神"이라 하였다.

20) 姜妃 : 『문원영화』 권210, 『시기』에 모두 "江妃"로 되어 있다.

4

ㄱ ㄱ ㄱ ㅁ ■ ■ ■ ■

公無渡河

장정견(張正見)[21]

금제(金堤)[22]에서 비단 닻줄을 자르고,

백마 나루[23]로 배가 건너간다.

바람 거세어 노래 소리도 끊어지고,

물결이 용솟음치니 사공도 근심스럽다.

복사꽃 떠가는 강에서 노가 부러지고,

쏜살같은 시내에서 돛이 기울었네.

어찌 말하랴! 구슬을 빠뜨린 곳에서,

---

21) 장정견(張正見) : 536- 584. 자는 견색(見賾). 청하(淸河) 동무성(東武城: 지금의
山東 武城縣 서쪽) 사람. 양나라 간문제(簡文帝)가 동궁에 있을 때 정견은 열세살
의 나이로 송을 바치니, 간문제가 깊이 찬상하였다. 금제(金堤) : 백마현에 있던 제
방이름. 일명 십리제(十里隄)라고도 한다. 소릉왕(邵陵王) 때에는 국좌상시(國佐
常侍)를 지냈고, 양나라 원제(元帝) 때에 통직산기시랑(通直散騎侍郎), 팽택령(彭
澤令)이 되었다. 진(陳)나라가 선 뒤에 진동파양왕부(鎭東鄱陽王府) 묵조(墨曹)의
행참군(行參軍)에 제수되었고, 의도왕(宜都王) 한외기실(限外記室), 찬사저사(撰
史著士)가 되었다. 문집 14권이 있다.

22) 금제(金堤) : 백마현에 있던 제방이름. 일명 십리제(十里隄)라고도 한다.

23) 백마(白馬) : 나루이름. 지금의 중국 하남성 활현의 북쪽에 있다. 『사기(史記)』 「형
연세가(荊燕世家)」에 "한왕(韓王)이 유가(劉賈)에게 이만 명, 기병 수백 인을 거느
리고, 백마진을 건너 초나라 땅에 들어가도록 하였다."라는 내용이 있다. 한편으로
옛날에 백마를 제사지내는 희생으로 썼다. 『사기』 「여태후본기(呂太后本紀)」에 "고
제가 백마를 잡아놓고 맹세하기를, '유씨가 아닌 사람이 왕이 되면, 천하가 그를 공
격해야 한다.'라 하였다. 한(漢)나라 조일화(趙日華)의 『오월춘추(吳越春秋)』 「월왕
무여외전(越王無余外傳)」에 "우임금이 동쪽으로 순수하다가 형악(衡嶽)에 올라보
고, 백마를 희생으로 제를 지냈다"고 하였다.

천년 뒤 양후(陽侯)24)를 만난다고.

金堤分25)錦纜,　白馬渡蓮舟.
風嚴歌響絶,　　浪湧26)榜人愁.
棹絶桃花水,　　帆橫竹箭流.
何言沈璧處,　　千載偶陽侯.
(『樂府詩集』권 26「相和謠辭」1)

<hr>

24) 양후(陽侯) : 옛날 전설 속의 수신으로, 파도를 관장하였다고 한다. 『전국책(戰國
    策)』에 "배의 새는 곳을 잘 막아도 양후를 가볍게 여기면 배가 뒤집어진다."라고
    한 말이 있다.
25) 分:『문원영화』권210에 "一作紅"이라 하였다.
26) 湧:『문원영화』권210에 "急"으로 되어 있고, "一作湧"이란 주가 있다.

1

□ □ □ □ ■ ■ ■ ■

「箜篌謠」

이백(李白)[1]

하늘에 오를 때 용을 타지 말며,
산을 달릴 때 호랑이를 타지 말라.
귀한 사람과 천한 사람이 사귀면서 마음을 바꾸지 않은 것은,
오직 엄릉(嚴陵)[2]과 광무(光武)[3]의 사이에만 있었다네.

---

1) 이백(李白) : 701-762. 당나라의 시인. 자는 태백(太白), 호는 청련(靑蓮). 젊어서는
각지를 떠돌아다니며, 시를 짓고 술을 마시며 벗을 사귀는 호방한 생활을 하다가
742년 42살 때에는 한림원(翰林院)에 들어갔으나, 술 때문에 쫓겨났다. 이후 강남
에서 현종의 아들 영왕(永王)의 모반에 가담한 죄로 옥에 갇혔다가 이듬해 야랑
(夜郎)에 유배되어 가다가 도중에서 풀렸다. 대종(代宗)이 즉위하자 습유(拾遺)에
임명되었으나, 11월에 62살로 죽었다. 시문집『이태백집』30권이 있다.

2) 엄릉(嚴陵) : 엄자릉(嚴子陵)을 줄인 말. 엄자릉은 엄광(嚴光), 자릉(子陵)은 엄광
의 자. 후한 시대 여요(餘姚) 사람이다. 어릴 때 광무제와 함께 공부하였는데, 광무
제가 즉위하자 이름을 바꾸고 숨어 살았다. 27년이 지난 뒤 광무제가 그를 찾아내
어 간의대부(諫議大夫)에 제수하였으나, 사양하고 부춘산(富春山)에 은거하였다.
뒤에 사람들이 부춘강(富春江) 가에 그가 낚시질하던 곳을 엄광뢰(嚴光瀨)라고 불
렀다고 한다.

주공(周公)4)이 대성이라 일컬어지지만,

관채(管蔡)5)를 어떻게 용납할 수 있었으랴?6)

한나라 때 민간에서는 일두속(一斗粟)을 노래했건만,

회남(淮南)의 아우에게는 찧을 것을 주지 않았네7).

형제가 마치 길가는 사람과 같으니,

내 마음이 어찌할 바를 모르겠다.

다른 사람의 마음 사이에

산과 바다가 몇 천 겹으로 막고 있네.

---

3) 광무(光武) : 이름은 유수(劉秀). 신(新)을 세운 왕망(王莽)을 몰아내고 후한을 재
    건하였다. 서기 25년에서 55년까지 재위하였다.

4) 주공(周公) : 주나라 문왕의 아들로 성은 희(姬), 이름은 단(旦)이다. 형 무왕(武
    王)을 도와 은나라 주왕(紂王)을 정벌했는데, 무왕이 죽고 조카인 성왕(成王)이 왕
    위에 오르자, 성왕을 도와 주나라의 문물제도를 정비하는 데 크게 기여하였다.

5) 관채(管蔡) : 관숙(管叔)과 채숙(蔡叔). 주공의 동생으로 주공이 성왕을 도와 섭정
    을 하자, 주공이 더 큰 욕심이 있다고 생각하여 무경(武庚)과 더불어 반란을 일으
    켰다.

6) 주공이 … 있었으랴? : 『사기(史記)』 「주본기(周本紀)」에 성왕은 어리고, 주나라는
    천하를 평정한 지 얼마되지 않아, 주공은 제후들이 주나라를 배반할까 걱정이 되
    었다. 주공이 이에 섭정하여 나라를 다스렸다. 관숙, 채숙 등 여러 아우들의 주공을
    의심하여 무경과 더불어 난을 일으켜 주나라를 배반하였다. 주공이 성왕의 명을
    받들어 내쫓았다.

7) 여기에서 회남(淮南)은 회남의 여왕(厲王) 유장(劉長)을 말한다. 『한서(漢書)』 「회
    남형산제북왕전(淮南衡山濟北王傳)」에 의하면, 회남왕 유장이 남자단(男子但) 등
    70여인에게 극포후(棘浦侯) 시무태자(柴武太子)와 더불어 모반을 하도록 하였는데,
    일이 발각되어 유사(有司)의 주청에 따라 촉의 엄도공우(嚴道邛郵)에 처해졌지만,
    회남왕은 밥을 먹지 않고 굶어죽었다고 한다. 이 때에 민가에서 "한 자의 베만 있어
    도 꿰매어 옷을 만들어 입을 수 있고, 한 말의 곡식만 있어도 찧어서 먹을 수 있는데,
    형제 두 사람이 서로 용납을 하지 않는구나. [一尺布, 尚可縫; 一斗粟, 尚可舂. 兄弟
    二人不相容!]"라고 읊었다고 한다.

가볍게 벗이라고 말은 하지만,

마주보면 구의봉(九疑峰)8)이다.

많은 꽃은 반드시 일찍 지고,

도리(桃李)는 소나무와 같지 않다.

관포(管鮑)9)는 오래 전에 죽었으니,

그 누가 그 자취를 이을 것인가?

攀天莫登龍,	走山莫騎虎.
貴賤結交心不移,	惟有嚴陵及光武.
周公稱大聖,	管蔡寧相容.
漢謠一斗粟,	不與淮南舂.
兄弟尙路人10),	吾心安所從.
他人方寸間,	山海幾千重.
輕言託朋友,	對面九疑峰.

---

8) 구의봉(九疑峰) : 산이름. 의(疑)는 사(似)의 뜻이다. 산에 아홉 봉우리가 있는데,
   그 모습이 서로 비슷하여 이렇게 불린다. 疑는 의라고도 한다. 이 산은 또 창오산
   (蒼梧山)으로도 불리는데, 바로 순임금을 장사지낸 곳이다. 지금의 호남성(湖南省)
   영원현(寧遠縣)에 있다. 『한서(漢書)』 「무제기(武帝紀)」에 "望祀虞舜于九疑"라 하
   였고, 그 注에 "九疑山, 半在蒼梧, 半在零陵, 其山九峰, 形勢相似, 故名九疑山."이
   라 하였다. 여기에서는 우도(友道)가 멀어지고 얇아져서 친구 사이가 마치 구의산
   (九疑山)을 중간에 두고 있는 것과 같다는 뜻으로 쓰였다.

9) 관포(管鮑) : 전국시대 제나라 사람인 관중(管仲)과 포숙아(鮑叔牙). 『설원(說苑)』
   「복은(復恩)」에 그 둘의 우정이 잘 소개되어 있다. 포숙아가 죽자 관중이 슬피 울
   었다. 그를 모시는 사람이 그 까닭을 물으니, 관중은 포숙이 자신을 잘 알아주었기
   때문이라고 하며, "나를 낳아준 사람은 부모이고, 나를 알아주는 사람은 포숙이다"
   라고 하며, 선비는 자기를 알아주는 사람을 위해서 죽는 법이니, 자신이 그를 위해
   슬퍼한다고 하였다.

10) 路人 : 『문원영화』 권210에는 "一作行路"라는 주가 더 있다.

多花必早落,　　桃李不如松.

管鮑久已死11),　　何人繼其蹤.

(『李白全集校註彙釋集評』1, 百花文藝出版社, 1996. 中國 天津)

---

11) 死:『문원영화』에는 "亡"으로 되어 있고, "一作死"라 하였다.

2

□ □ □ □ ■ ■ ■ ■

公無渡河[12]

이백(李白)

황하가 서쪽에서부터 곤륜산(崑崙山)[13]에서 시작되고,

만리를 포효하다가 용문(龍門)[14]에 부딪는다.

물결은 하늘에 닿을 듯하니,

요임금이 한숨 지며 걱정하였다.

위대한 우임금은 온갖 시내를 다스리면서,

어린 아이가 울어도 집을 들여다보지 않았네.[15]

여울을 없애고 홍수를 막아,

구주가 비로소 누에와 베를 길렀다.

그 해로움이 이에 없어졌으니,

---

12) 『전당시』에는 "一日 箜篌引"이란 주가 있다.

13) 곤륜산(崑崙山) : 옛날에 황하는 곤륜산에서 나온다고 했는데,『산해경(山海經)』
「서산경(西山經)」, 『이아(爾雅)』,「석수(釋水)」, 『수경주(水經注)』「하수(河水)」에
보인다.

14) 용문(龍門) : 용문산(龍門山).『원화군현도지(元和郡縣圖志)』권12의 하동도(河東
道) 강주(絳州) 용문현(龍門縣)에 "북쪽으로 현과 25리 떨어진 곳이 곧 용문구(龍
門口)이다."라고 하였다.

15) 이 구절은 우임금이 치수에 힘쓰느라 어린 아들이 울어도 집에 들어가 보지 못
하였다는 것이다.『상서(尚書)』「익직(益稷)」에 "계(啓)가 앙앙 울었지만, 나는 아
들로 돌보지 못하였다."라 하였다.『열녀전(烈女傳)』「모의전(母儀傳)」에 "계(啓)
의 어머니는 도산씨(塗山氏)의 장녀이다. 우임금이 장가들어 아내로 삼아 계를 낳
았다. 계가 앙앙 울었으나, 우임금은 가서 치수를 하느라, 세 번 집을 지나쳤지만,
문안으로 들어가지 못하였다."라고 하였다.

아득히 마른 땅이 펼쳐졌도다.16)

머리를 풀어헤친 늙은이는 미치고 또 어리석어,

맑은 새벽에 어쩌자고 시내를 건넜는가?17)

곁의 사람은 애석해 하지 않았지만 아내는 말리고,

임이여! 하수를 건너지 말랬더니 애써 건너 버렸네.

호랑이도 맨손으로 때려잡을 수 있으나,

하수는 맨 몸으로 건널 수 없다네.18)

임은 과연 물에 빠져 죽어 바닷가에까지 떠내려갔도다.

그곳에 흰 이빨이 눈 덮인 산 같은 큰고래가 있다네.

임이시여! 임이시여! 그 사이에 원을 거두소서.

공후를 타며 슬퍼하는 바는 끝내 돌아오지 않았네.

黃河西來決崑崙,　　　咆哮19)萬里觸龍門.

波滔天,　　　　　　　堯咨嗟.

大禹理百川,　　　　　兒啼不窺家.

殺湍堙20)洪水21),　　九州始蠶麻.

其害乃去,　　　　　　茫然風沙.

---

16) 이 구절에서 풍사(風沙)는 마른 땅을 말하는데, 살만하고 농사지을 만한 곳이다.

17) 이 구절에서 '경(逕)'은 '물을 건너다[渡]'라는 뜻이다.

18) 『시경(詩經)』 「소아(小雅)」 「소민(小旻)」에 "호랑이를 맨 손으로 잡을 수 없고, 황하를 걸어서 건널 수 없다.[不敢暴虎, 不敢憑河.]"라 하였고, 모전(毛傳)에 "걸어서 황하를 건너는 것을 빙하라 한다.[徒涉曰憑河]"라 하였다.

19) 哮:『전당시』에는 "吼"로 되어 있다.

20) 堙:『전당시』에는 "湮"으로 되어 있다.

21) 水:『문원영화』에는 "流"로 되어 있고, "一作水"라는 주가 있다.

被22)髮之曳狂而癡,　　清晨徑23)流24)欲奚爲?

旁人不惜妻止之,　　公無渡河苦渡之.

虎可搏,　　　　　　河難憑,

公果溺死流海湄,　　有長鯨白齒若雪山.

公乎公乎挂骨25)於其間,　箜篌所悲竟不還.

(『李白全集校註彙釋集評』1, p.282)

---

22) 披:『문원영화』『악부시집』에 모두 '被'로 되어 있다.

23) 徑:『문원영화』에는 "一作臨"이란 주가 있다.

24) 流:『문원영화』에는 "一作沈"이란 주가 있다.

25) 胃:『문원영화』『악부시집』에 모두 "骨"로 되어 있다.

3

□ □ □ □ ■ ■ ■ ■

箜篌引[26]

왕창령(王昌齡)[27]

노계군(盧溪郡)[28] 남쪽 한밤에 배를 대니,

양쪽 강 언덕에서 오랑캐[29]의 노래 소리 들려온다.

달도 져서 어두운데 원숭이는 슬피 울고,

가랑비는 옷을 적셔 사람을 근심스럽게 하네.

어떤 나그네 높은 누대에 올라,

말없이 잠도 자지 않고 공후를 탄다네.

---

26) 이 시의 내용은 「공후인」의 일반적인 내용과는 다르다. 공무도하 계열이나 공후 요 계열의 작품도 아니고, 그렇다고 공후를 타며 부르거나 혹은 공후타는 것을 보 고 읊은 시와도 다르다. 이 작품은 공후를 타며 당시의 요역에 고통을 당하는 심경 을 노래한 것을 기록한 시로서, 공후인 계열의 작품이 새로운 방향으로 변화한 하 나의 예로 볼 수 있을 것이다. 이 시는 백량체로 씌어진 것이다. 백량체(柏梁體)란 매구 운을 달아 지은 고시인데, 한나라 무제 때부터 비롯된 것이다.

27) 왕창령(王昌齡): 자는 소백(少伯)이며 강령(江寧: 지금의 강소성 남경시) 사람이 다. 진사에 급제하여 비서랑에 임명되었다. 또한 박학굉사과(博學宏士科)에 합격 하여 사수(汜水: 지금의 하남성 영양현 사수진)위에 올랐다. 사호한 일을 지키지 않아서 용표위(龍標尉: 용표는 지금의 호남성 검양 시) 위로 좌천되었다. 세상이 어지럽게 되자 고향으로 돌아갔는데, 자사 여구효(閭丘曉)에게 죽임을 당했다. 창 령은 시에 능하였는데 그 구조가 정밀하고 정서가 참신하여 당시에 왕강령이라고 불리었다.

28) 노계군(盧溪郡): 강서성(江西省) 평향현(萍鄕縣) 동쪽에 있는 고을 이름. 「독사 방여기요(讀史方輿紀要)」「강서표주부(江西表州府) 평양현(萍鄕縣) 초시진(草市 鎭)」에 "동쪽 20리는 노계진(盧溪鎭)이니, 노계수(盧溪水)에 임했기 때문에 붙여진 이름이다. 노계에는 배가 다니고, 조그만 도시가 있어 현이 되었다."라 하였다.

29) 오랑캐: 주로 중국 서북에 살던 민족을 가리킴.

공후를 타는 계문(薊門)30)에 뽕잎은 시들어 가고,

모래바람만이 청총(靑塚)31) 머리에 사납다.

장군의 철총마(鐵驄馬)는 비오듯 피땀을 흘리고32),

흉노(匈奴)33) 깊숙이 들어가 싸우지만 전쟁은 그치지 않네.

누런 깃발 아래 병마가 모이고,

오랑캐를 마구 죽이니 쌓인 시체가 언덕과 같네.

피부병이 몰려와 변방 고을에 유배되고,

이어서 사막의 북쪽에서 양가죽을 입고 있네.34)

비쩍 마른 얼굴에는 부끄러움도 모르고,

움푹한 두 눈에는 눈물이 그렁그렁.

---

30) 계문(薊門) : 북경 덕승문(德勝門) 서북쪽에 있는 지명. 춘추·전국시대 연(燕)나라의 고지(故址). 지금은 토성관(土城關)이라고 하는 곳이 옛날 계문(薊門)이 있던 곳이다.

31) 청총(靑塚) : 뜻은 푸른 무덤이지만, 한나라 때의 궁녀 왕소군(王昭君 : 본래 이름은 嬙)의 무덤을 말한다. 왕소군은 한나라가 북쪽의 흉노와 화친을 하기 위해 흉노에게 시집보냈던 궁녀이다. 왕소군은 흉노에 살면서도 한나라 왕실에 대한 그리움을 잊지 못했는데, 죽어서도 그녀의 무덤은 사막은 다른 곳과는 달리 푸른 풀이 났다고 한다. 충절 내지는 절개를 상징하는 고사로 역대의 많은 문인들에 의해 시로 읊어졌다.

32) 이 구절은 『한서(漢書)』 「무제기(武帝紀)」에 있는 "장군 이광(李廣)이 대완왕(大宛王)의 머리를 칼로 베고, 한혈마(汗血馬)를 얻어서 온 뒤에 서극천마가(西極天馬歌)를 지어 불렀다."라는 내용에서 나온 것이다. 여기서는 이광이 한혈마를 타고 동분서주하며 흉노와 싸우는 모습을 형용한 말이다.

33) 흉노(匈奴) : 중국 북방에 살던 종족 이름. 서기전 3세기경부터 약 3백년간 지금의 몽고 지방에서 유목하던 토이기(土耳其) 족의 일종. 일설에는 몽고족이라고도 함. 그 우두머리를 선우(單于)라고 함.

34) 이 구절은 소무(蘇武)가 흉노에게 사신으로 갔다가 억류되었을 당시의 참상을 말한 것임. 그는 19년 뒤에야 풀려나 한나라로 돌아왔다.

고향에 돌아가 얼룩말 기를 일 생각하니35),

목이 메어 말을 못하고 인후만을 가리키네.

어쩌다 배짱이 두둑하여 중얼중얼 말하는 이 있다 해도,

속마음 털어놓으면 상관에게 밉보이네.

5대 동안 속번에 천자가 머물렀을 때,

푸른 털의 휘장을 치고 시내에서 놀았네.

낙타가 5만이던 부락은 빽빽하고,

임금께서는 나는 봉황 새겨진 비녀36) 황금투구37)를 내려주셨네.

임금을 위해 밥먹듯이 수없이 싸우니,

고요한 음산(陰山)38)에는 새도 깃들지 않는다.

집에 간직한 철권(鐵券)39)은 특별히 우대를 받은 것이고,

황금 천금은 요구한 것이 아니라네.

구족(九族)40)은 떨어져 초나라에 사로잡혔고,

---

35) 고향에 … 생각하니 : 고향에 돌아가 농사나 짓는 것을 말함. 본문의 '犛牛'는 얼
    룩말이란 뜻인데, 별 볼일 없는 말을 가리킨다.

36) 비녀 : 원문의 '비봉(飛鳳)'은 비녀를 말함. 귀한 사람의 비녀에는 봉황이 아로새
    겨져 있었기 때문에 이렇게 부른다.

37) 황금투구 : 원문의 '도무(兜鍪)'는 투구와 같은 말. 예전에 군인이 전시에 쓰던 쇠
    모자.

38) 음산(陰山) : 곤륜산(崑崙山)의 북지(北支). 예로부터 흉노족이 늘 이곳을 근거지
    로 하여 중국의 북변을 침범했다. 한나라 무제 때 이 산을 점령하고 병사를 주둔시
    킨 뒤로 흉노의 세력이 점점 약해졌다고 한다.

39) 철권(鐵券) : 임금이 공신에게 주던 쇠로 만든 패(牌). 금니(金泥)로 그 사람의 공
    적을 기록하였음.

40) 구족(九族) : 자신을 중심으로 위로는 고조, 아래로 현손까지를 일컫는 말. 혹은
    부족 4, 모족3, 처족2를 일컫는 말이라고도 한다. 그러나 이 개념에 대해서는 이설
    이 많다. 여기서는 가까운 친척을 총칭하는 말로 쓰였다.

깊숙한 시내는 적막하여 음악소리 괴롭다.

초목도 비감하여 구슬피 울고[41],

나의 고향동산이 나라의 걱정거리 되었네.

명광전(明光殿)[42] 앞에서 구주(九疇)[43]를 논하고,

병서를 읽으며 남몰래 작전을 세운다.

임금을 위해 손바닥 위에서 권모를 베풀고,

산천을 훤히 알아 더불어 짝할 이 없네.

자신전(紫宸殿)[44]에서 조서를 내려 먼 곳도 회유하니,

서릿발처럼 날린 글씨 갈고리 같네.

귀신도 그 까닭을 알지 못하니,

가련한 백성들[45] 하루살이[46] 같네.

삭하(朔河)[47]의 주둔병을 점차로 빼어,

모두 내려보내 임금께 절하게 하네.

---

41) 구슬피 울고 : 원문의 '수류(颼飀)'는 바람이 솔솔 부는 모양. 장정원(張正元)의
   시구에 "솔솔 부는 바람 서늘하고 맑다.[颼飀凄淸.]"라는 말이 있다.

42) 명광전(明光殿) : 한나라의 궁실 이름.『삼보황도(三輔黃圖)』「한궁(漢宮)」에 "삼
   진기(三秦記)에 의하면, 미앙궁(未央宮) 점대(漸臺) 서쪽에 계궁(桂宮)이 있는데,
   그 가운데 명광전(明光殿)이 있다. 갖가지 구슬로 발을 해달아 곳곳에 명월주가
   있고, 금계단과 옥계단은 주야로 환하게 빛났다."라고 하였다.

43) 구주(九疇) : 중국 전체를 가리키는 말. 본래는 우임금이 처음 치수를 하던 아홉
   고을을 가리키는 말이었으나, 후대에는 중국을 범칭하는 말로 쓰였다.

44) 자신전(紫宸殿) : 천자가 정사(政事)를 보는 궁전. 정정(正殿). 혹은 천자가 쉬는
   궁전.

45) 가련한 백성들 : 원문의 '창생(蒼生)'은 일반 백성을 지칭하는 말.

46) 하루살이 : 원문의 '비부(蚍蜉)'는 하루살이라는 뜻이다.

47) 삭하(朔河) : 중국의 북방 사막지역을 가리키는 말.

세상에 전쟁이 그치게 한다면,
어찌하여 반초(班超)를 정원후(定遠侯)로 봉하였나[48]?
사신은 이것을 썼는가 말았는가?

盧溪郡南夜泊舟,　　夜聞兩岸羌戎謳.
其時月黑猿啾啾,　　微雨露衣令人愁.
有一遷客登高樓,　　不言不寐彈箜篌.
彈作薊門桑葉秋,　　風沙颯颯青塚頭.
將軍鐵驄汗血流,　　深入匈奴戰未休.
黃旗一点兵馬收,　　亂殺胡人積如丘.
瘡病驅來配邊州,　　仍被漠北羔羊裘.
顔色饑枯掩面羞,　　眼眶淚滴深兩眸.
思還本鄕食犨牛,　　欲語不得指咽喉.
或有強壯能咿嚘,　　意說被他邊將仇.
五世屬藩漢主留,　　碧毛氈帳河曲游
橐駝五萬部落稠,　　勅賜飛鳳金兜鍪.
爲君百戰如運籌,　　靜掃陰山無鳥投.
家藏鐵券特承優,　　黃金千斤不稱求.
九族分離作楚囚,　　深溪寂寞弦苦幽.

---

48) 어찌하여 … 봉하였나 : 반초는 동한 시대의 안릉(安陵) 사람. 표(彪)의 둘째 아
　들. 한서를 지은 고(固)의 아우. 자는 중승(仲升). 서기 34년(建武 10년)에 태어났
　다. 어려서 남의 글을 써주고 받은 돈으로 어머니를 모시다가, 홀연히 붓을 던지고
　군대에 들어갔다. 명제 때 서역(西域)에 사신으로 가서 서역 50여 국이 모두 조공
　을 바치도록 하였다. 임금이 조서를 내려 서역도호(西域都護)로 삼고 정원후(定遠
　侯)에 봉했다.

草木悲感聲颼颼,
明光殿前論九疇,
爲君掌上施權謀,
紫宸詔發遠懷柔,
鬼神不得知其由,
朔河屯兵須漸抽,
便令海內休戈矛,
史臣書之得已不?
(『전당시』 권141)

僕本東山爲國憂.
簏讀兵書盡冥搜.
洞曉山川無與儔.
搖筆飛霜如奪鉤.
憐愛蒼生比蚍蜉.
盡遣降來拜御溝.
何用班超定遠侯!

4

□ □ □ □ ■ ■ ■ ■

公無渡河

왕건(王建)[49]

나룻가에 거센 바람 부니 건너편 강 언덕 아득히 생각되는데,
시내에 넘실대는 파도는 층층이 쌓아놓은 토판(土板)[50]과 같다.
다행스럽게도 시퍼런 칼날[51]로 앞으로 내몰지도 않았는데,
어찌하여 자신의 몸을 스스로 강물 속에 버리는가?
교룡은 뼈를 물어뜯고 물고기는 몸뚱이를 먹고,
누런 진흙 바로 밑에는 푸른 하늘도 없다네.
남아는 비록 부인의 말을 가볍게 여겨야 한다고 하지만,
그대는 애석하게도 성명을 먼저 보존했어야만 했네.
부인이 힘없이 단지 옷만을 당기다 찢어버렸고,
배는 가라앉고 몸은 죽으니 따라가 죽지 못한 것을 후회하네.
임이여! 하수를 건너지 말라고 했더니 임이 스스로 건넜네.

---

49) 왕건(王建) : 766?-830? 자는 중초(仲初), 영천(潁川) 사람. 775년에 진사, 827년에
는 섬주사마(陝州司馬)가 되어 변경에 종군했다가 돌아와 한유(韓愈)·장적(張籍)
같은 시인들과 사귀었다. 악부시에 능하였는데, 특히 친척인 환관으로부터 궁중의
일을 듣고 지은 「궁사(宮詞)」는 널리 애송되었다. 현재 523수의 작품을 남기고 있
는데, 저서에 『왕사마집』이 있다.

50) 토판(土板) : 첩파(疊波)를 해석한 말. 여기에서 첩파는 파도가 층층이 쌓인 토판
(土板)과 같음을 형용한 말.

51) 시퍼런 칼날 : 백인(白刃)을 해석한 말. 칼날이 시퍼렇게 서 있는 날카로운 칼.

渡頭惡天52)兩岸遠,　　波濤塞川如疊坂.

幸無白刃驅向前,　　何用將身自棄捐.

蛟龍嚙骨魚食血53),　　黃泥直下無靑天54).

男兒縱輕婦人語,　　惜君性命還須取.

婦人無力挽斷55)衣,　　舟沈身死悔難追,

公無渡河公須56)自爲.

(『王司馬集』)

---

52) 天 : "一作風"이란 주가 있다. 『악부시집』 등에 "風"으로 되어 있다.

53) 血 : 『악부시집』에는 "肉"으로 되어 있다.

54) 天 : 『전당시』에 "風"으로 되어 있다.

55) 斷 : 『전당시』에는 "一作短"이라 하였다.

56) 須 : 『전당시』에 "一本無須字"라 하였다. 다른 많은 본에는 이 글자가 없다.

5

ㅁ ㅁ ㅁ ㅁ ■ ■ ■ ■ ■

箜篌引[57]

이하(李賀)[58]

임이여! 임이여!

병을 들고 어디로 가려는가[59]?

굴평(屈平)[60]이 상수에 빠져[61] 죽은 것은 사모할 것이 못되고,

---

57) 제목 밑에 "又曰公無渡河"라는 주가 있다.『문원영화』에도 같은 주가 있다. 이
시의 내용은「공후인」의 일반적인 내용과는 다르다. 공무도하계열이나 공후요 계
열의 작품도 아니고, 그렇다고 공후를 타며 부르거나 혹은 공후타는 것을 보고 읊
은 시와도 다르다. 이 작품은 공후를 타며 당시의 요역에 고통받는 심경을 노래한
것을 기록한 시로서, 공후인 계열의 작품이 새로운 방향으로 변화한 하나의 예로
볼 수 있을 것이다.

58) 이하(李賀) : 790-816. 중국시인들 가운데 가장 이채로운 작가 가운데 한 사람으
로서 자는 장길(長吉)이다. 몰락한 왕족의 후예로 태어나 겨우 27세에 요절한 천재
시인이다. 글재주가 비상하여 어려서부터 큰 뜻을 품었으나 때를 만나지 못한 채
비분에 가득 찬 삶을 살았다. 그의 시는 과장된 수사법과 환상적인 수사기교 및 날
카로운 현실풍자와 규중 여인의 애정문제에 대한 섬세한 묘사로 유명하며, 색채어
(紅, 靑, 黃, 白 등)의 과도한 활용과 괴상한 언어사용으로 감상적일 뿐만 아니라,
심지어 세기말적인 분위기까지 조성하고 있다. 특히 그의 조어방식은 품사나 어법,
구법에 전혀 관계없이 이미지와 이미지만을 결합하는 수법을 즐겨 썼는데 이로 인
하여 비논리적이고 비문법적인 작품이 적지 않다. (김원중,『당시감상사전』, 까치,
1993. p.451.)

59) 원문의 '여(如)'는 '왕(往)'의 뜻이다.

60) 굴평(屈原) : 전국시대 초나라의 시인, 정치가. 자는 영균(靈均).「초사」의 창립자
이며 대표적 작가이다. 생몰연대에 대해서는 여러 가지 설이 있다. 굴원은 학식이
뛰어나서 초나라 양왕(襄王)의 좌도(左徒)의 중책을 맡고 내정, 외교에서 활약하
였으나 법령 입안에 정적과 충돌하여 중상 모략으로 국왕의 곁에서 멀어지게 되었
다.「이소 (離騷)」는 그 분함을 노래한 것이라고『사기』에 적혀 있다. 합종파(合從
派)였으나 모함으로 뜻을 이루지 못하고 양자강 이남으로 추방되었는데「어부사

서연(徐衍)62)이 바다에 들어간 일은 진실로 어리석었네.

임이여! 임이여!

침상에는 왕골자리가 있고,63) 상에는 고기가 있는데,

북리에는 어진 형이 있고,

동쪽 이웃에 작은 고모가 있네.

논과 밭에는 기장과 조롱박이 넘실대고,64)

기와 술독에는 술이 탁주가 넘치네.65)

기장은 먹을 수 있고,

탁주는 마실 수 있네.

공이여! 공이여!

(漁父辭)」는 그 때의 작품이다. 또한『사기』에는 「양왕부(襄王賦)」를 싣고 있는데
이는 절명(絶命)의 노래로, 자기가 옳고 세속이 그르다고 말하며 난사(難辭)에서
는 죽어서 이 세상의 類(모범)가 되고 자살로써 간(諫)하겠다는 결의를 밝히었다.
실제로 장사(長沙)에 있는 멱라수(汨羅水)에 투신하여 죽었다. 그의 작품은 한(漢)
의 부문학(賦文學)에 커다란 영향을 미쳤다.

61) 상수에 빠져죽은 : 원문의 '沈湘'을 해석한 말이다. 굴원이 상수(湘水)의 멱라(汨
羅)에 빠져 죽은 것을 말한다. 상수는 광서성(廣西省) 흥안현(興安縣)에서 발원(發
源)하여 호남성 동정호(洞庭湖)로 흘러 들어가는 강이다.

62) 서연(徐衍) : 주나라 말기 사람. 세상이 어지러운 것을 싫어하여 돌을 지고 바다
에 빠져 죽었다.

63) 『산해경(山海經)』에 "흰 골풀로 자리를 만든다.[白莆爲席]"라는 말이 있는데, 곽
박(郭璞)이 주를 달아 "관은 띠풀과 같은 종류이다."라고 하였다.

64) 넘실대고 : '油油'를 해석한 말. 곡초나 풀 같은 것이 무성하여 잎이 윤이 나서 번
드르르한 모양.『사기』의 송나라 「미자세가(微子世家)」에 "보리이삭이 넘실넘실,
벼와 기장은 윤이 나도다. 저 교활한 아이는, 나와 잘 지내지 않는다.[麥秀漸漸兮,
禾黍油油, 彼狡童兮, 不與我好兮.]"라 하였다.

65) 탁주가 넘치네 : 본문에서 '탁료(濁醪)'는 탁주. '의부부(蟻浮浮)'라는 것은 개미가
둥둥 떠있다는 것으로, 쌀로 만든 막걸리에 발효된 흰쌀이 떠있는 모습이 마치 개
미가 떠 있는 것과 같기 때문에 이렇게 말한다.

어디에서 살 것인가?

머리를 풀어헤치고 하수로 달려가 끝내 어찌 하려는가?

어진 형과 작은 고모가 우네.

公乎, 公乎,　　　　　提壺將焉如?

屈平沈湘不足慕,　　　徐衍入海誠爲愚.

公乎, 公乎,　　　　　牀有菅席盤有魚.

北里有賢兄,　　　　　東隣有小姑.

隴畝油油黍與葫,　　　瓦甒濁醪蟻浮浮[66].

黍可食, 醪可飮.

公乎, 公乎,　　　　　其奈居.

被髮奔流竟何如?　　　賢兄小姑哭嗚嗚.

(『昌谷集』권4)

---

66) 『전당시』에는 "一作瓦鉼濁酒醪蟻浮"라 하였다.

6

□ □ □ □ ■ ■ ■ ■

箜篌謠[67]

이하(李賀)

하늘은 아득하고,

땅은 빡빡하도다.

곰과 구렁이는 사람의 혼을 빼고,

눈과 서리는 사람의 뼈를 깎는다.

사주를 받은 개는 으르렁거리며 물려고 하고,

손바닥을 핥는 것은 난을 차고 있는 사람에게 알맞네.[68]

상제께서 타는 수레를 보내니 재앙이 절로 수그러들고,[69]

옥 같은 별은 칼에 비추고 황금 수레를 타네.[70]

내가 비록 말을 타고 돌아가지 못하는 것은,

호수의 물결이 산과 같이 크게 일기 때문이네.

독있는 구렁이 노려보며 금고리를 떨치고,

사자와 얼룩개도 침을 질질 흘리네.

포초는 한 세대동안 풀을 헤치고 잠을 자고,[71]

---

67) 『李長吉歌詩』(上海古籍出版社, 1958)에는 「公無出門」으로 되어 있다.

68) 손바닥을 … 알맞네 : '난을 차고 있는 사람'은 '덕 있는 사람'을 가리킨다. 이는
사나운 짐승이 덕 있는 사람을 해치는 것을 말한 것이다.

69) 상제께서 … 수그러들고 : 옥황상제가 수레를 보냈다는 것은 죽음을 의미하고,
한 번 죽으면 모든 재앙이 사라진다는 뜻이다.

70) 옥같은 … 타네 : 죽어서 하늘 나라에 가서 호강하며 사는 것을 말함. 원문의 '액
(軛)'은 수레에 말을 매는 가로목인데, 여기에서는 수레를 뜻함.

안회는 스물아홉에 귀밑머리가 세어졌다네.[72]

안회는 혈기가 쇠한 것이 아니고,

포초는 하늘을 어긴 것이 아니네.

하늘이 물어 뜯길까봐 두려워함은,

절로 그렇게 되기 때문이라네.

분명한데도 공이 믿지 않을까 오히려 두려워 하니,

그대는 보아라! 굴원이 소리치고 글로 하늘에 물은 것을.

天迷迷,　　　　　地密密.

熊虺食人魂,　　　雪霜斷人骨.

嗾犬狺狺相索索,　舐掌偏宜佩蘭客.

帝遣乘軒災自息,　玉星點劍黃金軛.

我雖跨馬不得還,　歷揚湖波大如山.

毒虺相視振金環,　狻猊獝貐吐饞涎.

鮑焦一世披草眠,　顔回廿九鬢毛斑.

顔回非血衰,　　　鮑焦不違天.

天畏遭啣嚙,　　　所以致之然.

分明猶懼公不信,　公看呵壁書問天.

(『詩淵』6)

---

71) 포초는 … 자고 : 포초는 밭을 직접 갈아서 곡식을 먹고, 우물 직접 파서 물을 마
　　셨고, 아내가 짠 옷이 아니면 입지를 않았다. 어느 날 배가 고파 산 속의 대추를
　　따먹었는데, 어떤 사람이 "이 대추도 그대가 심은 것인가?"하니 물으니, 마침내 모
　　두 토해내고 곧바로 말라 죽었다고 한다.

72) 안회는 … 세어졌다가 : 『사기』에 안회는 스물아홉에 모두 희어졌고, 일찍 죽었
　　다고 하였다.

7

□ □ □ □ ■ ■ ■ ■

公無渡河

진표(陳標)[73]

음산한 구름 뭉게뭉게 피어나고 물결은 일어날 제,

거센 여울 반쯤 건너니 배는 반쯤 걸렸네.

구름 낀 하늘에 소리 다하니 그대는 머물지 않고,

목숨이 고기와 자라에 달려 있으니 저도 함께 그치리.

검은머리 예쁜 아씨 꽃다운 뺨에 구슬 같은 눈물이 지고,

비단 버선 향기로운 치마로 푸른 물결에 달려간다.

남은 혼이 어찌 해야 목석을 물어 올 수 있을까?

홀로 남은 한을 공후에 부치려네.

陰雲颯颯浪花愁,　　半渡驚湍半挂舟.
聲盡雲天君不住,　　命懸魚鱉[74]妾同休.
黛娥芳臉垂珠淚,　　羅襪香裾赴碧流.
餘魄豈能銜木石,　　獨將遺恨付箜篌.
(『全唐詩』 권508.)

---

73) 진표(陳標): 당나라 때의 시인. 생졸년 미상. 822년(당 목종 장경2년)에 진사가
되었고, 벼슬은 시어사에 그쳤다. 진표는 칠언율절에 뛰어났으며, 작품은 당시 사
람들에게 높이 평가되었다. 칠언절구 「탁목요(啄木謠)」,「기우인(寄友人)」 등은 널
리 전송이 된 작품이다. 만당 사람 장위(張爲)가 『시인주객도(詩人主客圖)』에서
진표를 "광대교화파(廣大敎化派)"의 급문시인(及門詩人)으로 분류하였다. 『전당
시(全唐詩)』 권 508에 시 12수가 전한다.

74) 鱉:『문원영화』에는 "鼈"로 되어 있다.

8

□ ㄱ ㄱ ㄱ ■ ■ ■ ■

箜篌引

장호(張祜)75)

은하수76)가 밤에 희미하니77),

깊은 발을 더욱 높게 걷네.

거센 물결을 공이여 건너지 마오,

물에 빠져 죽자 할미가 부질없이 울부짖는다.

달을 향하는 수레와 갑옷은 가볍고,

바람을 맞는 인끈은 무겁다.

이별의 곡조를 차마 듣지 못하니,

너른 바다에서 파도를 한스러워 한다.

星漢夜牢牢,   深簾調更高.

---

75) 장호(張祜): 당나라 때의 시인. 이 작품은 『시연』에도 실려 있는데, 작자를 장처
    사 밝히고 있다. 당나라 청하(淸河) 사람. 자는 승길(承吉). 처사로 생을 마쳤기 때
    문에 장처사로 일컬어지기도 한다. 장경(長慶) 중에 영호초표(令狐楚表)가 추천하
    였으나 아무런 응답이 없었다. 제후부(諸侯府)에서 초빙하였으나, 맘에 맞지 않은
    점이 많아 스스로 물러났다. 일찍이 회남(淮南)을 지나다가 단양(丹陽)의 곡아지
    (曲阿地)를 사랑하여, 집을 짓고 그곳에 은거하였다. 『전당시』에 소전(小傳)이 보
    인다.

76) 은하수: 원문의 '성한(星漢)'을 해석한 말. 성한은 은한(銀漢)과 같은 말로 은하
    수를 가리킨다.

77) 희미하니: '뇌뇌(牢牢)'는 우울(憂鬱)하다는 뜻. 이관(李觀)의 「우중작시(雨中作
    詩)」 "붉은 햇살을 기다려도 보이지 않으니, 하늘은 부질없이 어둡기만 하네.[朱曦
    待未見, 天蓋空牢牢.]"라 하였다.

亂流公莫度,　　　　沈骨媧空嘷.

向月輕輪甲,　　　　迎風重紉絛.

不堪聞別引,　　　　滄海恨波濤.

(『全唐詩』권510)

9

□ □ □ □ ■ ■ ■ ■

公無渡河

이함용(李咸用)[78]

늙은이여! 늙은이여! 어찌 그리도 미쳤는가?

길가며 짧은 머리 긁으며 병의 간장을 들었구나.

거센 물을 직접 건너자니 정신이 아득하고,

아내는 말렸으나 듣지 않자 뒤를 따라 상수에 빠졌네.

함께 늙었으나 함께 죽지 못하니,

공후에는 처량한 사연만 전하도다.

공후의 소리는 가볍고 부드러우며 대피리 소리[79]는 기니,

급하게 노젓는 사공을 연달아 불러도 어찌 방해가 될까?

빠진 것을 보고도 구하지 않은 것은 승냥이라 할 수 있으니,

여옥이 슬프고 가슴 아픈 이야기를 전하는 것을 참고 듣는다.

有叟有叟何淸狂,	行搔短髮提壺漿.
亂流直涉神洋洋,	妻止不聽追沈湘.
偕老不偕死,	箜篌遺淒涼.
刳松輕穩琅玕長,	連呼急榜庸何妨.

---

78) 이함용(李咸用) : 생졸년 미상. 호는 피사(披沙). 내붕(來鵬)과 더불어 같은 때에 시를 잘 지었다. 일찍이 임금의 부름에 응하여 추관(推官)이 되었다. 저서에 『피사집(披沙集)』이 있다. 『전당시』 24에 보인다.

79) 대피리 소리 : 본문의 '琅玕'은 옥 비슷한 아름다운 돌의 일종. 『서경(書經)』에 "闕貢惟球琳琅玕."라 하였다. 아름다운 대나무를 일컫는 말로도 쓰인다.

見溺不援能語狼,　　忍聽麗玉傳悲傷.
(『全唐詩』 권644)

10

□ □ □ □ ■ ■ ■ ■ ■

公無渡河

왕예(王叡)[80]

흐린 물결 넘실넘실[81] 새벽 안개 자욱하고,

임은 하수를 건너지 말랬더니 그예 건넜네.

바람은 거세고 물결은 쳐서 불러도 들리지 않아,

병을 들고 바라보다가 물결 속으로 들어갔네.

물결이 옷을 삼키니 한 걸음 한 걸음 빠져들고,

가라앉은 시체는 이무기의 굴로 깊이 들어갔네.

이무기는 흠뻑 취하자 그대의 피는 마르고,

누런 모래를 떠내자 그대의 뼈가 떠있네.

그대가 죽었을 때 내가 어디로 갈거나?

마침내 파도에 빠져 혼백이라도 합하고자 한다.

정위(精衛)의 함석(銜石)했던 마음을 가지고,

황하의 근원을 샅샅이 뒤져 샘을 막으리.

濁波洋洋兮凝曉霧,　　公無渡河兮公竟[82]渡.

---

80) 왕예(王叡) : 원화(元和) 이후의 시인. 자호는 자곡자(子轂子). 시집 5권이 있었다
　　고 하나, 『전당시(全唐詩)』에는 9수의 시가 실려 있다.

81) 넘실넘실 : 원문의 "洋洋"은 물이 넓은 모양. 『시경(詩經)』 「목야(牧野)」에 "河水
　　洋洋"이란 말이 있다.

82) 竟 : 『악부시집』에는 "苦"로 되어 있다.

風號水激兮呼不聞,　　提壺看入兮中流去.
浪擺衣裳兮隨步沒,　　沈屍深入兮蛟螭窟.
蛟螭盡醉兮君血乾,　　推出黃沙兮泛君骨.
當時君死妾何適,　　　遂就波濤合魂魄.
願持精衛銜石心,　　　窮取河源塞泉脈.

(『全唐詩』下, 上海古籍出版社, 1990.9)

11

□ □ □ □ ■ ■ ■ ■

拂舞詞[83]

온정균(溫庭筠)[84]

황하의 성난 물결 하늘에 닿을 듯 흘러내리고[85],

우당탕 요동치는 소리[86] 우레가 치는 듯.

큰 용[87]도 바람을 타고도 오르지 못하고,

---

83) 제목 아래에 "一作公無渡河"라는 주가 있다. 『악부시집』에는 제목이 「공무도하」 로 되어 있다.

84) 온정균(溫庭筠) : 812?-872. 본명은 기(岐). 자는 비경(飛卿). 산서성 태원(太原) 사람. 만당의 대표적인 시인으로서 이상은(李商隱)과 함께 온이(溫李)라 불린다. 여러 차례 과거시험에서 낙방의 고배를 마시자 음주와 엽색행각으로 방탕하게 살 았다고 한다. 악부에 능하였고, 농염하고 육감적인 언어를 통해 시를 선보이려 했 다. 그의 시는 매우 염려하며, 재주가 비상하여 여덟 번 팔짱을 끼는 동안에 시 한 수를 지었으므로 '온팔차(溫八叉)'라고 불렸다고 전한다. 주로 규중여인이나 부인 들에 관한 시가 많고, 사회시나 회고시 등은 거의 없다. 당나라 시인으로서 처음으 로 사(詞)에 전심한 사람이다. 그의 작품은 거의 다 산일(散逸)되었는데, 지금 남아 있는 수십 수는 수사미를 다한 염려(艶麗)한 것들이다. 『온정균시집(溫庭筠詩集)』 이 있었고, 소설 「건선자(乾膳子)」가 있다.

85) 황하의 … 흘러내리고 : 『이아(爾雅)』에 "황하는 곤륜산(崑崙山)에서 나와 1,701 개의 하천을 아우르는데, 빛깔은 누렇다."란 말이 있고, 이백(李白)의 「장진주(將進 酒)」에 "그대는 보지 못하였는가? 황하의 물이 하늘에서 흘러내려오는 것을.[君不 見黃河之水天上來]"란 구절이 있다.

86) 우당탕 요동치는 소리 : 양웅(揚雄)의 『법언(法言)』에 "非雷非霆, 殷殷谾谾."이란 말이 있고, 『시경(詩經)』에 "殷其雷"라는 말이 있다.

87) 큰 용 : 원문의 '용백(龍伯)'은 고대 신화 가운데 거인국의 사람. 그 사람은 키가 수십 척이 된다. 발걸음을 몇 번 옮기지도 않아 오산이 있는 곳에 이르며, 한 번 낚시를 던지면 육오(六鰲)를 연달아 낚아낸다. 『열자(列子)』에 "龍伯之國"이란 말 이 보이고, 『하도옥판(河圖玉版)』에 "곤륜산의 북쪽 9만리에 용백국이 있는데, 사

온 시내 흰 물결을 높이[88] 뿜어대네.

스물다섯 줄 공후소리[89] 어찌 그리도 슬픈가?

임에게 건너지 말라며 서성이네.

아래에는 미친 교룡 꼬리가 톱과 같고,

돛은 찢어지고 노는 부러졌는데 흰 이빨을 간다.

신령이 돌을 파서 신령스런 못을 막고,

백마가 달려가니[90] 붉은 먼지가 인다.

공은 말을 달리며 채찍으로 쳐서,

높은 말발굽 닳도록 하루에 천리를 가네.

黃河怒浪連天來,	大響谹谹[91]如殷雷.
龍伯驅風不敢上,	百川噴雪高崔嵬.
二十三[92]弦何太哀,	請公勿[93]渡立裵回[94].
下有狂蛟鋸爲尾,	裂帆截櫂磨霜齒.
神錐[95]鑿石塞神潭,	白馬趁趨赤塵起.
公乎躍馬揚玉鞭,	滅沒高蹄日千里. 　(『溫飛卿詩集』 권1)

람의 키가 30발이나 되고, 1만 8천년을 산다."라는 내용이 있다.

88) 높이 : 원문의 '崔嵬'는 높게 우뚝 솟은 모양.

89) 스물다섯 줄 공후소리 : 공후의 줄은 23개짜리와 25개짜리가 있다.

90) 달려가니 : 원문의 '참담(趁趨)'은 달려가는 모양. 驅走貌.

91) 谹谹 : 『전당시』에 "一作肱肱"이란 주가 있다.

92) 『전당시』에는 '二十三'으로 되어 있고, "一作五"라 하였다. 『악부시집』에 二十五로 되어 있다.

93) 『전당시』에는 "一作莫"이라 하였다.

94) 裵回 : 『전당시』 『악부시집』에는 "徘徊"라 되어 있다.

95) 錐 : 『전당시』와 『악부시집』에는 "椎"로 되어 있다.

제3장 송원(宋元)

1

┌ ┌ □ □ ■ ■ ■ ■

公無渡河

당경(唐庚)¹⁾

임이여! 하수를 건너지 마오.

임이여! 하수를 건너지 마오.

그대는 보지 못하였는가?

오 땅의 아이는 가을날 슬프게 「소해가」를 부르고,

상수 가의 여자는 밤에 원망스럽게 「초혼가」를 부른다.

---

1) 당경(唐庚) : 1071-1121. 송나라의 시문가. 자는 자서(子西). 미주(眉州: 지금의 四 川省에 속함) 단릉(丹稜) 사람. 소년시절부터 문장을 잘 지었고, 18세 때 소식을 만 났다. 소성(紹聖) 년간에 진사시에 합격하여, 이주 치옥연(利州治獄掾)이 되었고, 낭중령(閬中令)으로 옮겼다가 종학박사(宗學博士)에 임명되었다. 뒤에 장상영(張 商英)이 재상에서 파직될 때, 일찍이 그를 위해 내전행(內前行)」을 지어 주었다는 이유로 혜주(惠州)에 귀양갔다. 대관(大觀) 5년(1111)에 사면되어, 승의랑(承議郞) 에 복관되었다. 그러나 오래지 않아 여남(濾南)으로 돌아가다가 봉상(鳳翔) 도중 에서 죽었다. 재주가 뛰어나고 문채나 풍류도 소동파와 비슷할 뿐만 아니라, 출신 지역도 미주였기 때문에 소동파와 매우 닮은 점이 많아 사람들이 '소동파(小東坡)' 라고 불렀다. 문집으로 『미산당선생집』이 있다.

돌을 안고 맑은 물에 가라앉고,

술을 갖고 소아에게 달려간다.

충성된 피는 교룡을 취하게 하고,

의로운 고기는 악어를 배부르게 한다.

어둠 속에서 물여우[2]는 일곱 겹 갑옷[3]도 꿰뚫고,

어룡과 백괴는 침을 질질 흘리며 이를 간다.

임이여! 하수를 건너지 마오.

임이여! 하수를 건너지 마오.

평지에서도 오히려 풍파가 일어날까 두렵다오.

公無渡河,　　　　　　公無渡河.

君不見吳兒秋悲小海唱, 湘女夜怨招魂歌.

抱石沈淸流,　　　　　　弄酒奔素娥.

忠血醉蛟蜃,　　　　　　義肉飽鼉鼉.

暗中水弩貫七札,　　　　魚龍百怪垂涎澤,

吻牙相磨.

公無渡河,　　　　　　公無渡河,

平地猶恐生風波.

(『眉山詩集』卷3)

2

□ □ □ □ ▣ ▣ ▣ ▣

公無渡河

주자지(周紫芝)[4]

맑은 강은 넘실넘실 밤낮없이 흐르고,

강가에는 바람 없어 사람은 절로 근심스럽다.

풍이(馮夷)가 북을 치자 하백이 노하고,[5]

교룡이 꼬리를 흔들자 물고기가 배를 삼키네.

인생에 한 번 죽는 것 또한 처하기 어려우니,

어찌하여 할미가 하는 말 듣지 않았나?

임이여! 하수를 건너지 말랬더니 임은 굳이 건너니,

사람의 마음은 험하고 산은 높다네.

시랑이 길에 버티고 있으니 그대 어찌 하려나?

그대에게 권하노니 눈물을 거두되 노래 부르지 마오,

세간의 평지에 풍파도 많도다.

清江漫漫日夜流,　　　江邊無風人自愁.

馮夷擊鼓河伯怒,　　　蛟龍掉尾魚吞舟.

---

4) 주자지(周紫芝) : 1082-?. 송나라 선주(宣州) 선성(宣城) 사람. 자는 소은(少隱),
  호는 죽파거사(竹坡居士). 고종 소흥(紹興) 12년에 진사가 되었다. 벼슬은 우사원
  외랑(右史員外郎)을 거쳐 지흥국군(知興國軍) 등을 지냈다. 벼슬을 그만둔 뒤 여
  산(廬山)에 들어가 생을 마쳤다. 저서에 『죽파시화(竹坡詩話)』 등이 있다.

5) 풍이(馮夷) : 물의 신. 하백(河伯)과 우사(雨師)의 이름이라고 하는데, 여기에서는
  하백이 바로 뒤에 나오는 것으로 보아 우사를 가리키는 것으로 보아야 할 것이다.
  풍이가 북을 울린다고 하는 것은 천둥이 치는 것을 말함.

人生一死亦難處,　　何不相從聽嫗語.
公無渡河公自苦,　　人心險過山嵯峨.
豺狼當路君奈何,　　勸君收淚且勿歌,
世間平地多風波.
(『太倉稊米集』卷1「樂府三十首」)

3

□ □ ⊏ ⌐ ▨ ▦ ▩ ▧

箜篌引

조훈(曹勳)6)

하늘을 가는 데 용을 타지 말며,

땅을 가는 데 말을 타지 말라.

용과 말은 각각 기다리는 바가 있으니,

끌고 당기는 것은 한 때에 빌린 것이라네.

지인(至人)7)은 운행함을 홀로 환히 아니,

팔표(八表)8)에는 두루 신의 조화가 미치었네.

우정을 맺는 것 마땅히 마음을 맺어야 하지만,

세상의 이익만을 한갓 자랑하네.

토사(兎絲)는 교송(喬松)에 기대어,

---

6) 조훈(曹勳): 1098-1174. 송나라 때 문학가. 자는 공현(公顯), 양적(陽翟: 河南 禹縣) 사람. 조조(曹組)의 아들로, 승신랑(承信郎)이 되었다가 특명으로 진사시를 보게 되었고, 일등의 합격이 내려졌다. 정강(靖康) 초에 무의대부(武議大夫)에 제수되었다. 휘종(徽宗)이 금나라에 잡혀 갈 때, 휘종이 비밀리에 글을 주며 강왕(康王)에게 전하라 하였다. 글의 내용에 따라 사사(死士)를 모집하여 휘종을 구할 것을 건의하였으나, 당시 집정을 하던 사람에게 받아들여지지 않았을 뿐만 아니라, 9년간이나 외직으로 쫓겨났다. 소흥(紹興) 5년(1135)에 강서병마부부감(江西兵馬副部監)에 임명되었고, 죽은 뒤에 소보(少保)에 증직되었다. 시호는 충정(忠靖)이다. 저서로『송은문집 (松隱文集)』40권이 있고,『전송사(全宋詞)』에 그의 사 180여 수가 수록되어 있다.

7) 지인(至人): 지극한 도를 통달한 사람. 도가 높은 사람을 일컫는 말.

8) 팔표(八表): 팔방 혹은 팔방의 한없는 끝. 팔황(八荒)과 같은 말로 전세계를 가리키는 말.

솜처럼 감겨서 놓아주질 않네.9)

가을 바람에 찬 서리 날리니,

꽃 피고 시드는 것 무엇에 의지할까?

부귀는 사람들이 사모하는 바이고,

빈천은 사람들이 싫어하는 것이네.

아내와 형수는 소진을 박대하였으니,

사람의 일이란 옛부터 이와 같도다.

나그네 이제 돌아가고자 하니,

힘든 삶 진실로 부끄럽기만 하네.

行天莫乘龍,	行地莫乘馬.
龍馬各有待,	牽連一時假.
至人運獨照,	八表周神化.
結交當結心,	勢利徒夸咤.
兎絲倚喬松,	纏綿不相舍.
秋風飛嚴霜,	榮枯何所藉.
富貴人所慕,	貧賤人所鄙.
妻嫂薄蘇秦,	人事古如此.
游子歸去來,	勞生良可恥.

(『松隱集』 卷2 「古樂府」)

---

9) 토사(兎絲)는 … 않네 : 토사는 담쟁이 덩굴과 같은 덩굴풀로 나무를 빙빙 감고
올라감.

4

公無渡河[10]

육유(陸游)[11]

아무리 크다 해도 죽고사는 것보다 큰 것은 없고,

아무리 친하다고 해도 골육보다 친한 사람은 없네.

하수를 걸어서 건널 수 없다는 것 알기 어렵지 않은데,

말을 따르지 않으니 이어서 통곡한다.

구름 속 구정(九井)[12]을 바라보니 흰 물결이 높이 이는데,

간을 쪼개어 피를 흘려도 따르지 않으니 어찌 하겠나?

가을 바람 소슬하고 종이돈을 물결에 던진 뒤,

공을 따라 죽어서 아래로 이무기와 악어를 배부르게 하리.

---

10) 이 시에는 다음과 같은 서문이 있다. 아안(雅安)의 수령이 가릉강에서 익사하였 단 말을 듣고, 그 집안 사람을 대신하여 지었다. "[聞雅安守溺死於嘉陵江代其家 人作]"

11) 육유(陸游) : 1125-1210. 자가 무관(務觀)이고, 호는 방옹(放翁)이며, 월주 산음(山 陰; 지금의 절강 소흥) 사람이다. 30세 때 진사시험에 합격하였으나 금나라 군대에 항전할 것을 주장하여 진회(秦檜)의 비위에 거슬렸기 때문에 벼슬길에 나아가지 못하였고, 진회가 죽은 뒤에야 벼슬을 할 수 있었다. 41세 때에는 장준(張浚)이 북 벌을 주장하는 것에 동조하였다가 다시 관직을 박탈당하였다. 46세 때에 촉에 있는 왕염(王炎)·범성대(范成大)의 막부에 나아가 군무를 도왔다. 뒤에 사천(四川)을 떠나 몇 차례 지방관을 지내기도 하였으나 끝내 항전을 주장하다가 당권파의 탄핵 을 받고 벼슬을 그만두었다. 66세 때 관직을 그만 둔 이후 고향인 산음(山陰)에 내 려가 약 20여 년간 가난하게 지내다가 생을 마쳤다. 육유는 9,300여 수에 달하는 많 은 시를 남겼는데, 시문집으로는 『검남시고(劍南詩稿)』『위남문집(渭南文集)』등 이 있다.

12) 구정(九井) : 좌우에 두 줄을 각각 걸고 한쪽에 18명씩 메는 큰 상여를 말함.

大莫大於死生,　　　　親莫親於骨肉.

河不可憑兮非有難知.　　言之不從兮繼以痛哭.

望雲九井兮白浪嵯峨.　　刳肝瀝血兮不從奈何.

秋風颯颯兮紙錢投波.　　從公於死兮下飽蛟鼉.

(『劍南詩藁』卷4)

5

┌ ┌ ┌ ┌ ■ ■ ■ ■

公無渡河

왕염(王炎)[13]

황하는 넓고 넓어 배로도 건널 수 없는데,

병을 허리에 차고 건너려 하니 그 얼마나 미친 짓인가?

할미가 공의 옷을 당기며 건너지 말라고 하니,

충성과 사랑이 깊은 말 도리어 노여움을 사네.

황하는 도도히 흘러 공이 빠져 죽으니,

늙은 할미 가슴을 치며 비오듯 눈물 흘리네.

행인은 할미에게 너무 가슴 아프게 생각하지 말라며,

슬픔이 극에 달하면 애가 끊어진다네.

예로부터 간하다가 상서롭지 못한 일 당하니,

치이(鴟夷)가 강에 뜨자 오나라가 멸망되었고,[14]

늙은 신하 등창을 앓으니 패왕은 끝났도다.[15]

---

13) 왕염(王炎) : 1138-1218. 송대의 시문가. 사인(詞人). 자는 회숙(晦叔), 호는 쌍계 (雙溪). 신안(新安) 무원(婺源: 지금의 江西) 사람. 건도(乾道) 5년(1169)에 진사시 에 합격, 일찍이 숭양주부(崇陽主簿)를 역임하였다. 이후 담주교수(潭州敎授), 지 임상현(知臨湘縣)을 지냈고, 벼슬은 군기소감(軍器少監) 중봉대부(中奉大夫)에 이르렀다. 주희(朱熹)와 벗으로 잘 지냈다고 한다. 『역해(易解)』를 짓고 죽었다. 원 래는 저작이 많아 『쌍계유고(雙溪類稿)』에 모두 수록이 되어 있었으나, 모두 전하 지는 않고 시문집 『쌍계집』 27권만이 『사고전서』에 전한다.

14) 치이(鴟夷) … 망하였고 : 치이는 본래 말가죽으로 만든 자루. 주로 술을 담는데 사용함. 여기에서는 춘추시대 월나라의 모신이었던 범려(范蠡)가 월(越)나라를 떠 나 제(齊)나라로 가서 살면서 자신을 치이자피(鴟夷子皮)라고 불렀던 일을 가리 킨다.

黃河浩浩不可航,　　腰壺欲渡何其狂.
嫗挽翁衣願無渡,　　忠愛深言反逢怒.
河流滔滔翁溺死,　　老嫗搏膺淚如雨.
行人勸嫗莫痛傷,　　痛傷之極能斷腸.
古來愊諫多不祥,　　鴟夷浮江吳國滅,
老臣疽背覇王歇.
(『雙溪類稾』卷1)

---

15) 늙은 신하 … 끝났도다: 초(楚) 나라 항우(項羽)의 모신(謀臣)인 범증(范增)의 고
사. 그는 한 때 아부(亞父)로 불릴 정도로 신임이 두터웠으나, 뒤에는 항우로부터
의심을 받아 건의가 받아들여지지 않자, 벼슬을 그만 두고 고향에 돌아가 있다가
등창이 나서 죽었다.

6

□ □ □ □ ▣ ▣ ▣ ▣

公無渡河 幷引[16]

양관경(楊冠卿)[17]

하수는 곤륜산에서 흘러내리는데,

우임금이 아니었다면 고기밥 되었으리.

용문은 비록 이미 파 없앴다고 하나,

배 젓는 어부 누가 넘을 수 있으리?

늙은이 머리를 풀어헤치니 귀밑머리 실처럼 흰데,

흐르는 물을 건너 어디로 가려 하는가?

할미가 공을 말려 건너지 말라 했지만,

공은 할미 말을 따르지 않고 건너가 버렸네.

물 속에서 병 하나에 의지하니,

---

16) 이 시에는 다음과 같은 서문이 있다. "고악부에 공무도하 편이 있다. 옛날 시인이
옮었던 것들이 모두 본의가 서로 같지는 않다. 내 생각에 백수광부가 하수를 건너
는 데에 용감하였던 것은 병 하나의 힘을 믿고 마침내 모험을 하면서 근심하지 않
았던 것 같다. 일찍이 병의 힘이 매우 미약하고 하수의 험함은 장난이 아니라는 것
을 몰랐던 것이다. 끝내 그 몸이 빠져 죽는 데에 이르렀으니, 이것 또한 후세에 거
울이 될 수 있을 것이다. 그래서 그 것이 가리키는 뜻을 깊이 따져 몇 마디 말을
만들어서, 스스로 경계를 삼고자 한다. [古樂府有公無渡河篇, 從昔詩人賦詠, 俱與
本意不相侔. 余謂翁之勇於渡河者, 特以一壺之力爲可恃, 遂冒險而不之恤. 曾不
知壺之力甚微, 而河之險不可玩, 終遂致於淪厥軀, 玆亦可爲後世鑒矣. 因原其指,
爲作數語, 用以自警云.]"

17) 양관경(楊冠卿) : 1139-?. 송나라 강릉(江陵) 사람. 자는 몽석(夢錫). 진사시에 급
제하였다. 일찍이 광주(廣州)를 맡았다가, 일로 파직되었다. 재화가 청준(淸雋)하
고 더욱 사육문을 잘 지었다. 『객정유고(客亭類稿)』가 있다.

맘속으로 천금을 가진 듯 든든하다네.
병 하나로는 그 물결에 버틸 수 없어,
천금도 그 몸을 빠지게 했네.
병이여! 병이여!
옹이 □□ 자라가 울부짖고 고래가 삼키니,
바야흐로 마음속으로 끝내 슬프고 원망스럽네.
공후인을 쓴 이웃의 아낙이,
그대를 위해 두 줄기 눈물 흘리네.

河流決崑崙,   微禹其爲魚.
龍門雖已鑿,   犀橃孰可踰.
老翁披髮鬢如絲,   臨流欲渡將何之.
嫗止翁留翁勿渡,   翁不嫗從捨之去.
中流憑一壺,   意謂千金俱.
一壺勢莫支,   千金淪其軀.
壺兮! 壺兮!
翁之□鼉吼鯨呑,   方得意曲終哀怨.
寫箜篌隣女,   爲君雙墮淚.
(『客亭類稿』卷12「古體詩」)

7

□ □ □ □ ▪ ▪ ▪ ▪

箜篌引[18]

강기(姜夔)[19]

공후를 장차 타지 마오,

늙은이 차마 들을 수 없소.

하수 가에 풍랑이 일고,

또한 공후 소리도 들리네.

옛 사람은 한을 품고 죽고,

지금 사람은 한을 안고 산다.

이웃집에서 아내를 파는 사람,

---

18) 이 작품도 내용이 많이 변모되었다. 공후인도 아니고 공후요 계열도 아니고, 공후타는 노래도 아닌 것으로, 왕창령의 시와 같은 성격을 계승한 것이다.

19) 강기(姜夔) : 1155-1221. 자는 요장(堯章), 호는 백석도인(白石道人). 요주(饒州) 파양(鄱陽)(지금의 강서성 波陽) 사람. 어렸을 적에 벼슬살이하는 아버지를 따라 여기저기 옮겨 다녔기 때문에 여러 차례 과거에 합격하지 못하고, 결국 포의로 일생을 마쳤다. 그러나 그 시사(詩詞)와 서법(書法)은 모두 아름다웠는데 사장(詞章)이 더욱 드러났다. 그는 특히 장율(章律)에 정통하여 스스로 곡(曲)을 지었으며, 사의 풍격은 청려전아(淸麗典雅)해서 남송(南宋) 사단(詞壇)에서 격률사파(格律詞派)의 대표로 일컬어졌다. 그의 벗인 항안세(項安世)는 그의 시에 대해 "고체는 황정견(黃庭堅)과 진사도(陳師道)의 격률과 같고, 짧은 시는 온정균(溫庭筠)과 이상은(李商隱)의 재정(才情)과 같네.(古體黃陳家格律, 短章溫李氏才情)"라고 하였다. 이러한 평가와 같이 그의 근체시에는 황정견과 진사도의 자취가 남아 있지기 하지만, 7언율시는 양만리의 훈도를 받았다는 평가를 들었다. 그의 자구는 매우 정성을 기울여 다듬은 것이었으나, 읽으면 매우 자연스러워 섬세하고 교묘함을 느끼지 못하였다고 한다. 사달조(史達祖), 오문영(吳文英) 등에게 커다란 영향을 미쳤다. 저서에 『백석도인시집(白石道人詩集)』『백석도인시설(白石道人詩說)』『백석도인가곡(白石道人歌曲)』등이 있다.

가을 밤 견디기 어렵네.

장안에서 가무를 사는 것은,

반쯤은 양가의 아낙이라네.

주인이 비록 사랑한다고 해도,

천한 첩이 어찌 오래 머무르랴?

가난 때문에 몸을 팔았지,

지아비의 노여움을 건드린 것은 아니라네.

날마다 높은 누대에 올라,

서글피 궁 남쪽 나무를 바라보네.

箜篌且勿彈,	老夫不可聽.
河邊風浪起,	亦作箜篌聲.
古人抱恨死,	今人抱恨生.
南隣賣妻者,	秋夜難爲情.
長安買歌舞,	半是良家婦.
主人雖愛憐,	賤妾那久住.
緣貧來賣身,	不緣觸夫怒.
日日登高樓,	悵望宮南樹.

(『詩淵』2, p. 1313.)

8

□ □ □ □ ■ ■ ■ ■

公無渡河

홍자기(洪咨夔)[20]

하수가 출렁출렁,

임이여! 건너지 마오.

저의 말은 아! 힘이 모자라고,

공은 주저 없이 건너네.

구름 끼고 풍우가 차가운데,

파도가 깊어 교룡과 악어가 굶주린다.

공후의 소리는 슬프고 또 슬프니,

황곡은 짝을 잃고 난새도 홀로 난다.

河水蕩蕩,   公無渡爲.

妾言嗟未力,   公渡竟不疑.

雲昏風雨寒,   波深蛟鰐飢.

二十三弦悲復悲,   黃鵠不雙鸞獨飛.

(『詩淵』 6, p. 4080.)

---

20) 홍자기(洪咨夔) : 1176-1235. 송나라 때의 문인. 자는 순유(舜兪), 스스로 평재(平齋)라고 호하였으며, 오잠(於潛) 사람이다. 그는 당시 정치적 암흑을 비판·공격한 인물로 유명하였으며, 시에는 항상 관리를 풍자하고 백성들을 동정한 작품이 많이 있다. 그의 시는 강서파(江西派)의 풍격과 가깝고, 또한 양만리(楊萬里)의 영향도 약간 받아서 왕왕 참신하고 교묘한 비유가 있다. 저서에 『평재집(平齋集)』이 있다.

9

公無渡河

황간(黃簡)[21]

임이여 하수를 건너지 마오!
임이여 하수를 건너지 마오!
임을 말리지 못한 것은 장차 어찌 할 수 없어서라오.
구연에서 흰 물결 뿜는 것은 탐욕스런 악어가 춤추는 것이고,
백 리에 천둥처럼 울부짖는 것은 성난 악어가 뒤치는 것이네.
평지에도 가끔 바람과 파도 있는데,
하물며 이처럼 가을 물이 가득 찬 것이랴.

公無渡河,   公無渡河,
止公不以將奈何.
九淵噴雪舞饞鱷,   百里吼雷翻怒鼉.
平地往往有風波,   況此瀰漫秋水多.
(『詩淵』 6, p.4080.)

---

21) 황간(黃簡): 송나라 때의 문인. 이름을 혹 거간(居簡)이라 쓰기도 한다. 송나라
    건녕(建寧) 건안(建安) 사람, 자는 원이(元易), 호는 동포(東浦). 시를 잘 지었다.
    오군(吳郡)의 광복산(光福山)에 은거하였다. 이종(理宗) 가희(嘉熙) 연간에 죽었
    다. 저서로 『동포집(東浦集)』『운서담준(雲墅談雋)』이 있다.

10

公無渡河

서집손(徐集孫)[22]

임이여! 하수를 건너지 마오!
임이여! 하수를 건너지 마오!
임이 반드시 건너려 하니 마음이 어떠하겠나?
파도가 거세다고 하나 어찌 두려워하랴?
중원이 회복되지 않았으니 이 한 몸도 많도다.
어찌하여 평지에도 풍파가 일어,
인심이 험하기가 물결보다 심하네.

公無渡河,	公無渡河,
公必欲渡意如何.	
波濤洶湧何足畏,	中原未復一身多.
爭如平地有風波,	人心之險險於河.

(陳起, 『江湖小集』卷16「竹所吟稿」)

---

22) 서집손(徐集孫) : 자는 의부(義夫). 건안(建安) 사람. 이종(理宗) 때 일찍이 절강
에서 벼슬한 적이 있다. 시를 짓는 것을 좋아하여, 발길이 닿는 곳마다 제영한 것
이 있는데, 서호(西湖)의 경치 좋은 여러 곳에 특히 많다. 시를 지어 겨우 탈고를
하면, 사람들이 다투어 사서 전해 가며 읊었다고 한다. (『竹所吟稿』二卷「林可山
爲序」)

11

ㄱㄱㄱ ■ ■ ■ ■

公無渡河[23)]

조문(趙文)[24)]

하수의 물결,

깊고도 깊어,

배로 건너도,

오히려 어렵네.

머리를 풀어헤친 늙은이,

미친 짓 말릴 수 없네.

병 하나 있기는 하지만,

---

23) 다음과 같은 서문이 있다. "공무도하는 혹 공후인이라고도 한다. 조선의 진졸인
곽리자고의 아내 여옥이 지은 것이다. 자고가 새벽에 일어나서 배를 수리하고 있
는데, 한 백수광부가 머리를 풀어헤치고 병을 들고는 하수로 뛰어들어 건너려고
하였다. 그 아내가 따라와 그것을 말렸으나, 미치지 못하고 몸을 던져 죽었다. 이에
공후를 당겨서 타면서 공무도하란 곡을 지었는데, 소리가 매우 처량하고 서글펐다.
곡을 마치자 스스로 하수에 몸을 던져 죽었다. 자고가 돌아와서 그 이야기를 해주
니, 아내 여옥이 마음 아파하며 이에 공후를 가져다가 그 소리를 내니, 듣는 사람
이 눈물을 흘리며 울음을 삼키지 않는 사람이 없었다. [公無渡河, 或作箜篌引. 朝
鮮津卒霍里子高妻麗玉所作也. 高晨起刺船, 有白首狂夫, 被髮提壺, 亂河流而渡,
其妻隨止之. 不及, 遂墮河水死. 於是 援箜篌而鼓之, 作公無渡河之曲, 聲甚悽愴.
曲終, 自投河而死, 子高還以其聲語, 妻麗玉傷之, 乃引箜篌而寫其聲, 聞者莫不墮
淚飮泣焉.]"

24) 조문(趙文) : 1239-1315. 원나라 노릉(盧陵) 사람. 자는 의가(儀可) 혹은 유공(惟
恭)이라고도 하고, 호는 청산(靑山)이다. 태학에 들어가 상사(上舍)가 되었으나, 송
이 망하자 민(閩) 땅에 가서 문천상(文天祥)에게 의지하였다. 원나라 병사가 이르
렀을 때, 문천상의 소재를 몰라 고향으로 돌아갔다. 뒤에 동호서원의 원장이 되었
다. 저서에 『청산집』이 있다.

물의 힘을 막을 수 없네.

그대와 함께 사는 할미,

공의 옷깃 당기지 못한 것 한스러워 하네.

거세게 흐르는 물결 건너니,

물결은 곧바로 쏟아져 내려 천 길이나 되네.

나는 흐느껴 눈물은 마르고,

나는 울어서 소리는 잠겨 버렸네.

몸을 던져 공을 쫓으려 하니,

어찌 서로 물에 빠지는 것 두렵지 않으랴?

함께 죽는 것 참을 만해도,

홀로 사는 것 견디기 어렵네.

임은 미쳐서 죽고,

저는 마음이 아파 죽지요.

교룡이 언제인가는 뼈를 먹어 치우겠지만,

오직 나의 마음은 고금에 전하리.

하수의 물이여!

깊고도 깊도다.

河之水,	深復深.
舟以濟,	猶難諶.
被髮之叟,	狂不可箴.
豈無一壺,	水力難任.
與公同匡牀,	恨不挽公襟.
亂流而渡,	直下千尋.

我泣眼爲枯,   我哭聲爲瘖.
投身以從公,   豈不畏胥沈.
同歸尙可忍,   獨生亦難禁.
公死狂,   妾死心.
蛟龍食骨有時盡, 惟有妾心無古今.
河之水,   深復深.

(周南瑞,『天下同文集』卷44「古樂府」)

12

□ □ □ □ ■ ■ ■ ■

公無渡河

송무(宋無)[25]

구룡이 연못 바닥에서 구슬을 다투니,

너른 파도가 만 길이나 산처럼 솟아오르고,

악어가 입을 벌리고 끔찍한 이빨을 드러낸다.

모래를 머금었다 사람에게 뿜어대니 독화살 같으니,

차라리 높은 산에 오를지언정 물은 건너지 말지어다.

임이여 하수를 건너지 마오,

하지만 임을 말릴 수 없다네.

하백은 교룡의 집에서 아내를 데려오니,

임이여 흰 구슬을 하백에게 드리지 마오,

임의 몸이 물귀신[26]이 될까 두렵다오.

임이여 시내를 건너지 말랬더니 임은 그러지 않아,

---

25) 송무(宋無) : 1260-?. 원나라 때의 문인. 자는 자허(子虛), 호는 취한도인(翠寒道人). 본명은 명세(名世)로 진릉(晉陵) 사람인데, 오지방으로 옮겨가 살며 성을 주라 하고 희안(晞顔)이라는 자로 행세하였다. 원나라 신사년에 병이 든 아버지를 대신하여 영정동만호안독(領征東萬戶案牘)이 되어 일본을 정벌하는 일에 올랐는데, 온갖 고생을 하며 생사를 넘나드는 위험을 지났지만 시 짓는 일을 그만 둔 적이 없었다고 한다. 성품이 술을 두려워하여 많은 사람들이 있을 때에는 막막해 하였다고 한다. 그러나 친구를 만나면 문득 손바닥을 비비며 우스운 이야기를 하여 포복절도한 다음에야 그쳤다. 스스로 지은 『오일사송무자지(吳逸士宋無自志)』에 생애가 간략히 소개되어 있다.

26) 물귀신 : 원문의 '泣珠客'은 본래 교어(鮫魚: 인어)가 울면 그 눈물이 굳어 구슬이 된다는 전설을 이용하여 물에 빠져 죽은 것을 나타냄.

걱정스럽게도 임은 늘그막에 황천에 빠졌네.

임이 황천에 빠진 것이니,

임이여 하늘을 원망하지 말지어다.

九龍爭珠戰淵底,　　　洪濤萬丈涌山起,

鰐魚張口奮靈齒.

含沙射人毒如矢,　　　寧登高山莫涉水.

公無渡河,　　　　　　公不可止.

河伯娶婦蛟龍宅,　　　公無白璧獻河伯,

恐公身爲泣珠客.

公無渡河公不然,　　　憂公老命沈黃泉.

公沈黃泉,　　　　　　公勿怨天.

(『子虛翠寒集』『元詩選』2, 中華書局, p.1260.)

13

□ ┌ ▢ □ ▨ ▨ ▨ ▨ ▨

公無渡河

유선(劉詵)27)

임이 하수를 건넘에,

바람은 거세고 배는 없으며 물결은 날린다.

임은 건너려 하니,

임을 어찌할까?

임이 병을 들고 누런 물결 건넘에,

만 리의 사람은 물고기 밥이 되리니,

병 하나로 건너기 어려우니 장차 어디로 가려는가?

팽함(彭咸)28)과 신도(申屠)29)는 죽어서 불후한 이름을 남겼는데,

잔생에 명예를 취한들 또한 무엇하나?

남산에서 사슴 사냥할 제 봄풀은 살찌고,

농서에서 벼를 베어 맛있는 술을 빚네.

---

27) 유선(劉詵) : 1268-1350. 원나라 여릉(廬陵) 사람. 혹은 유선(劉銑)이라 쓰기도
한다. 자는 계옹(桂翁), 호는 계은(桂隱)이다. 명물도수(名物度數)와 훈고전주(訓
詁箋注)의 학문에 10년간 힘을 쏟았고, 뒤에 시와 고문에 뜻을 두었다고 한다. 저
서에 『계은시문집(桂隱詩文集)』이 있다.

28) 팽함(彭咸) : 은(殷)나라 대부로, 그 임금에게 간언을 했으나 듣지 않자 물에 빠
져 죽었다고 함.

29) 신도(申屠) : 여기서는 아마도 신도가(申屠嘉)를 말한 듯함. 신도가는 한나라 고
조를 따라 항우(項羽)를 격파하였고, 문제 때에는 벼슬이 승상에 이르렀다. 그러나,
성품이 강직하여 권신들의 아부하는 것을 고들을 죽이려다 오히려 무고를 당하자,
분이 나서 집에 이르러 피를 토하고 죽었다고 함.

임이여! 건너지 말고 오래 사시오.

임은 끝내 건너려 하니 어찌 할 것인가?

하수를 어쩔 수 없어 이 한도 많도다.

公渡河,	驚風無舟水揚波.
公欲渡兮,	將奈何.
公提壺黃流,	萬里人爲魚,
一壺不濟將焉如.	
彭咸申屠死不朽,	殘生取名亦何有.
南山射鹿春草肥,	隴西刈稻爲美酒.
公無渡兮爲公壽,	公欲渡兮可奈何,
河流不及此恨多.	

(『桂隱詩集』卷2)

14

公無渡河

양유정(楊維楨)[30]

임이여! 하수를 건너지 마오.

황하는 깊고 진흙도 보이지 않네.

임의 몸은 수서(水犀)도 아니면서[31],

검은 바람 검은 물결을 어찌 건너고자 하는가?

임은 건널 수 없고,

묶여 있는 배가 하서에 있네.

푸른 머리 젊은 아낙 흐느껴 울며,

남은 해 죽지 않은들 누구와 함께 하랴?

임이 죽으면 하영(河靈)[32]의 우두머리가 되고,

---

30) 양유정(楊維楨) : 1296~1370. 원명 교체기의 절강(浙江) 산음(山陰) 사람. 자는 염부(廉夫 : 『시연』에는 자를 잘못 써서 楊廉天으로 잘못되어 있다), 호는 철애(鐵崖), 만년의 호는 동유자(東維子). 원나라 태정제(泰定帝) 태정 4년에 진사가 되어, 천태현윤(天台縣尹)에 제수되었고, 여러 차례 승진하여 강서유학제거(江西儒學提擧)가 되었다. 그러나 병란이 일어나 취임하지 못하였다. 부춘산(富春山)에 피하여 살다가 항주(杭州)로 옮겨갔다. 장사성(張士誠)이 여러 차례 불렀으나 가지 않았다. 명나라 홍무(洪武) 3년에 부름을 받고 경사(京師)에 이르렀다가 곧바로 돌아갈 것을 청하였고, 집에 돌아오자 곧 죽었다. 시를 잘 짓는 것으로 일시에 이름이 나서, '철애체'란 명칭이 생겨났다. 쇠피리[鐵笛]를 잘 불어 자칭 철적도인(鐵笛道人)이라 하였다. 『동유자집(東維子集)』『철애선생고악부(鐵崖先生古樂府)』가 있다.

31) 공의 … 아니니 : 수서는 물소의 뿔. 옛날에 어두운 밤에 깊은 물을 지날 때 물소 뿔을 태워 환히 비쳤다는 고사가 있음.

32) 하영(河靈) : 황하의 수신을 말함.

저는 죽으면 하영의 처가 되지요.

公無渡河,   河水深兮不見泥.
公身非水犀,   鳥風[33]黑浪欲何濟.
公不能濟,   橫帆在河西.
青頭少婦泣血啼,   有年不死將誰齊.
公死河靈伯,   妾死河靈妻.
(『鐵崖古樂府』 권1)

---

33) 鳥風:『시연』6 (p. 4080)에는 鳥風으로 되어 있다.

15

□ □ □ □ ■ ■ ■ ■

箜篌引[34)

오래(吳萊)[35)

넓고 넓은 황하에,

한 늙은이 있었는데,

병을 들고 물결에 뛰어 들었네.

나는 급히 말렸다네,

당신이 탈 배도 없다고.

마침내 당신은 건넜으니,

당신은 얼마나 고통스러웠겠소?

용백은 언덕에 웅크리고 있고,

상어는 들쭉날쭉하네.

바람은 거세게 몰아치고,

안개비는 자욱하도다.

어금니를 갈며 피를 빨아,

---

34) 제목 아래에 "한나라 곽리자고의 아내 여옥이 지었다. [漢霍里子高妻麗玉作]"라는 주가 있다.

35) 오래(吳萊) : 1297-1340. 원나라 포양(浦陽) 사람. 자는 입부(立夫). 타고난 자질이 뛰어나 7세에 능히 글을 지을 줄 알았다. 유관(柳寬)이 그의 글은 높고도 깊다고 일컬었다. 연우(延祐) 년간에 춘추로 상례부(上禮部)에 천거가 되었으나, 시세가 이롭지 않게 돌아가자 산중에 퇴거하며, 여러 책의 깊은 뜻을 더욱 궁구하였다. 뒤에 어사(御史)가 장향서원(長鄕書院)의 원장으로 추천하였으나 취임하지 못하고 죽었다. 문인들이 사시(私諡)를 연영선생(淵潁先生)이라 하였다. 저서에 『상서표설(尙書標說)』『춘추세변도(春秋世變圖)』등 수많은 책이 있다.

당신 시신을 물어뜯는다.

당신이 물가에서 죽으니,

나는 어찌하란 말이오.

나도 빨리 당신을 따르리니,

내가 죽는 것 괜찮도다.

얼굴도 뜯기고 옷도 찢어졌지만,

뜻은 돌이킬 수 없도다.

혼을 묻고 뼈는 썩으니,

목숨을 누런 진흙에 버렸네.

갈석은 높고 높아서,

바라보아도 헤아릴 수 없도다.

정위가 돌을 입에 물어 나른들,

어찌 바다를 메우랴?

바다가 메워진다면,

이내 한도 그치리.

내가 이와 같은 줄 아니,

살지 않는 것만 못하리.

浩浩兮洪河,

有叟一人兮,　　　　攜壺赴波.

我急爾止兮,　　　　無檝迎汝爾.

竟汝渡兮,　　　　　爾何所苦.

龍伯兮馮陵,　　　　鮫魚兮參差.

戕風奔騰兮,　　　　霧雨渺瀰.

磨牙吮血兮,　　　制汝殭屍.

爾死於渡兮,　　　奈何乎我.

我亟從汝兮,　　　我死其可.

毁容惡服兮,　　　志不可回.

埋魂隕骨兮,　　　委命黃泥.

碣石嶄巖兮,　　　望不可測.

精衛銜石兮,　　　曷海之塞.

曷海之塞兮,　　　恨與之平.

知我如此兮,　　　不如無生.

(『淵穎集』卷8)

16

□ □ □ □ □ ■ ■ ■ ■

公無渡河

이공(李龔)[36]

굴원이 상수에 빠진 것 사모할 것 못된다고,
임이여! 하수를 건너지 말랬더니 그예 건넜네.
길을 가며 머리를 긁으며 간장병을 들고,
흰 옥과 꽃다운 난초를 돌아보지 않네.
거센 파도는 검푸른 데에만 있지 않으니,
얼굴 빛 착잡한데 바람 따라 연기 일어나네.
그 밑은 끝이 없고 그 옆도 가가 없는데,
어찌하여 몸을 스스로 버린단 말인가?

屈平沈湘不足慕,　　公無渡河兮公苦渡.
行搔短髮提壺漿,　　玉白蘭芳不相顧.
驚波不在黯黮間,　　顏色錯漠生風烟.
其下無底旁無邊,　　何用將身自棄捐.
(陳起,『江湖小集』卷21：李龔,『剪綃集』)

---

36) 이공(李龔): 생애를 자세히 알 수 없다. 진기가 편한 『강호소집(江湖小集)』에는
  이공이 편한 『전초집(剪綃集)』이라는 문집이 수록되어 있다.

17

□ □ □ □ ■ ■ ■ ■

公無渡河

팽미(彭采)[37]

임이여! 하수를 건너지 마오.

하수는 넓고도 넓도다.

비린내나는 바람과 이상한 비가 하늘에서 불어오고,

탁한 물결이 배를 흔들고 눈 덮인 산 같은 파도가 일어난다.

제가 힘써 임을 말려도,

나는 임을 말릴 수 없었네.

그예 건너다가,

끝내 이처럼 되었네.

눈물도 모두 마르고,

정마저 없어졌으니,

하수가 동으로 흘러 어느 날에나 그칠까?

公無渡河,   河水瀰瀰.

腥風怪雨捲空來,   濁浪掀舟雪山起.

妾力挽公,   不我止公.

---

37) 팽미(彭采) : 자는 중유(仲愈). 광릉(廣陵) 사람. 읽지 않은 책이 없었으며, 오경에
달통하였다. 성품과 행실은 순수하고 근엄하였으며, 말하고 웃는 것이 강직하였다.
진군경(陳君敬)이 처음에는 깊이 공경하여 섬겼다고 한다. 오중(吳中)으로 갔을
때 장대본(張大本)이 가장 먼저 그를 맞이하여 거자업(擧子業)을 가르치도록 하
니, 문밖에는 신발이 항상 가득하였다고 한다.

既渡之,　　　　　　竟如是.

淚可竭,　　　　　　情可滅,

河水東流何日歇.

(顧瑛,『草堂雅集』卷12)

18

公無渡河

문향(文珦)[38]

황하의 근원은 곤륜산(崑崙山)에서부터 시작되고,

하늘에 닿고 해를 적셔 건널 나루조차 없네.

사공과 어부는 감히 생각도 못하는데,

임은 하수를 건너니 정말로 어리석네.

어리석은 임 빠져 죽으니 어찌 할거나?

마침내 뼈와 살을 이무기에게 주어,

부질없이 만고의 사람들에게 공후를 타며 슬퍼하게 했네.

河源來自崑崙西,　　滔天沃日無津涯.

櫂夫漁子不敢窺,　　公欲徑渡公誠癡.

癡公溺死知何爲,　　竟委骨肉於蛟螭,

徒使萬古箜篌悲.

(『詩淵』 6, p.4080.)

---

38) 문향(文珦): 송나라 때의 승려. 생애를 자세히 알 수가 없다. 다만 『시연(詩淵)』
에서 작품의 작자를 밝힐 때 '僧 文珦'이라 한 것으로 보아 불문(佛門)에 귀의(歸
依)한 것으로 보인다. 그리고 다른 곳에는 『잠산고(潛山稿)』라는 그의 문집이 소개
되어 있어 문집도 남겼던 것으로 생각되는데, 『시연』에는 그의 시가 대략 482수 정
도 실려 있다. 이 가운데 「懷寄南陵尉沈正道」「孤山懷圓法師」「贈道士褚雪巘」
「寄潛齋王尙書」 등 당시의 다양한 계층의 인물과 주고받은 시편이 많이 보인다.

19

□ □ □ □ □ ■ ■ ■ ■

公無渡河

정대혜(鄭大惠)[39]

임이여! 하수를 건너지 마오,

누가 임에게 건너라 했나?

임이 만약 건너지 않으면,

하백도 성내지 않았으리.

머리를 풀어헤치고 술병을 들고,

임이여! 어디로 가려는가?

첩은 손이 백 개라도,

임을 말릴 수가 없네.

바야흐로 임이 건너려고 할 때,

임만 홀로 하수를 믿었네.

그리고 아내를 믿지 않고,

임은 이미 건너 버렸네.

시내가 임을 그르친 것이 아니고,

임이 스스로 그르쳤다네.

지금 임이 물에 빠지니,

저는 매우 슬프답니다.

입이 있어도 말하지 못하니,

---

39) 정대혜(鄭大惠):『시연(詩淵)』에 이름만 나와 있고, 이외에는 찾을 수 없다.

아픈 가슴 어떻겠습니까?
저도 모르는 것이 아니니,
교룡도 있고 자라도 있지요.
원컨대 임을 따라 죽어서,
하수에게 임에 대해 물으려 하네.

公無渡河,	誰令公渡.
公若不渡,	河伯不怒.
被髮提壺,	公將何去.
妾百其手,	挽公不住.
方公欲渡,	公獨信河.
而不信婦,	及公旣渡.
河不誤公,	而公自誤.
公今溺矣,	妾悲孔多.
有言不言,	傷如之何.
妾非不知,	有蛟有黿.
願從公死,	問公于河.

(『詩淵』 6, p.4081.)

제4장 명청(明淸)

1

公無渡河

오사도(烏斯道)[1]

임이여! 하수를 건너지 마오.

임이여! 하수를 건너지 마오.

임이 만약 하수를 건너신다면,

내가 장차 하수를 어찌 하오리까?

물이 폭포처럼 흐르니,

물고기와 자라도 살지 못하네.

임의 힘은 물만 못하여,

곧 자라와 물고기 밥이 되리.

---

1) 오사도(烏斯道) : 원명 교체기의 절강(浙江) 자계(慈溪) 사람. 자는 계선(繼善)이다. 오본량(烏本良)의 아우이다. 형과 더불어 학행이 있었다. 시를 잘 지었는데, 의흥(意興)이 고원(高遠)하였고, 표일한 것이 무리 가운데 빼어났다. 서법을 더욱 잘 썼다. 홍무 초에 추천을 받아 영신현령(永新縣令)이 되어, 혜정을 베풀었다. 뒤에 일에 연루되어 정원(定遠)에 가서 수자리를 지키다, 방환되어 죽었다. 저서에『추음고(秋吟稿)』『춘초재집(春草齋集)』이 있다.

하수에는 짐독(鴆毒)도 많고,

하수는 창과 방패도 이기네.

하백이 맞이하지 않으니,

어찌 피할 수 없다 하랴?

듣자하니, 호랑이를 가까이 하면 호랑이에게 죽고,

물을 가까이 하면 물에 죽는다고 한다.

그대의 성품 팔팔하여 쏜살처럼 급하니,

하수는 한 번 가면 다시는 돌아오지 못하네.

그대가 지금 한 번 가면 어찌 다시 일어나리?

그대가 일어나지 못하는 것 스스로 취한 것,

임이여! 임이여! 장차 누구를 원망하랴?

公無渡河,　　　公無渡河.

公若渡河,　　　吾將奈何河.

水有懸流,　　　魚鼈不能居.

公力不如水,　　乃爲鼈與魚.

河水勝鴆毒,　　河水勝矛戟.

河伯不相邀,　　胡云避不得.

吾聞狎於虎死於虎,　狎於水死於水.

公性揚揚急如駛,　河水一去不復回.

公今一去寧復起,　公不起自取之,

公兮公兮將怨誰.

(『春草齋集』卷2)

2

□ □ □ □ ■ ■ ■ ■

公無渡河

호규(胡奎)[2]

임이여! 하수를 건너지 마오,

하수가 흘러가는 것 설산 같아,

문 밖에 나서면 하늘에 닿으니 가는 길이 어렵다오.

그대는 내 말을 듣지 않고,

머리를 풀어헤치고 미치광이 짓을 하며 어디로 가려오?

그대가 지금 하수를 건너 나는 주인이 없으니,

저는 공후를 타며 비오듯 눈물을 흘린다오.

임이여! 하수를 건너지 마오.

물에는 자라와 악어가 있다오.

임이 지금 건너고자 하면,

나는 이제 어찌 해야 하나요?

임이여! 하수를 건너지 마오,

하수에는 교룡이 있다오.

임이 지금 건너고자 하면,

나는 누구를 따르오리까?

물에는 수레가 있고,

---

2) 호규(胡奎): 원명 교체기의 절강(浙江) 해녕(海寧) 사람. 자는 허백(虛白), 호는
두남노인(斗南老人)이다. 명나라 초기에 영왕부교수(寧王府敎授)를 지냈다. 저서
에 『두남노인집』이 있다.

물에는 배가 있어야 하는데,

공은 지금 물에 빠지고,

나는 공후를 탄답니다.

公無渡河,

河流如雪山,   出門滔天行路難.

公不聽妾語,   被髮徉狂向何許.

公今渡河妾無主, 妾彈箜篌淚如雨.

公無渡河,   水有黿鼉.

公今欲渡,   妾當奈何.

公無渡河,   水有蛟龍.

公今欲渡,   妾安所從.

陸則有車,   水則有舟.

公今溺流,   妾彈箜篌.

(『斗南老人集』卷2)

3

┌ ┌ ┌ ┌ ▨ ▨ ▨ ▨

公無渡河

등의(滕毅)3)

강가에 봄이 오니 풍우가 험하고,

큰 물결 작은 물결 강 위에 일어난다.

조그마한 배4)를 말할 것이 무어랴?

소용돌이치는 중류는 거의 회오리치듯 한다.

옹귀문(甕鬼門)5)을 닫아걸고 있는 사람은 드물고,

대개 깊은 못을 지척의 사이에 두었네.

굶주린 교룡이 사람을 잡아먹어 뼈가 산과 같으니,

임이여! 하수를 건너지 말고 빨리 돌아오소.

江上春來風雨惡,	大浪小浪江中作.
一葦之航何足云,	蕩漾中流幾飄泊.
人鮮甕鬼門關下,	隔深淵咫尺間.
飢蛟食人骨如山,	公無渡河當早還.

(『列朝詩集』甲集 제14권, p.159.)

---

3) 등의(滕毅) : 자는 중홍(仲弘). 진강(鎭江)사람. 유사(儒士)로서 홍무(洪武) 원년
에 처음 설치된 육부(六部)에 제일 처음으로 이부상서(吏部尙書)에 임명되었고, 9
월에는 강서(江西)에서 참정(參政)하였다. (『列朝詩集』)

4) 조그만 배 : 원문의 '一葦'는 갈대 잎과 같이 조그마한 배라는 뜻이다.

5) 옹귀문(甕鬼門) : 옹문(甕門)과 같은 말. 성문 밖의 월성(月城)에 있는 문. 따라서
'甕鬼門關下'는 튼튼한 성벽의 문을 닫아 건 매우 안전한 곳이란 뜻이다. 이 구절
의 뜻은 사람들이 이처럼 안전하게 사는 경우는 드물다는 것이다.

4

□ □ □ □ ■ ■ ■ ■

公無渡河

위소(危素)[6]

임이여! 병을 들고 어디로 가는가?

임을 말려 건너지 못하게 해도 건너려 하네.

부인의 말을 임은 믿지 않으니,

이무기가 여기저기서 나오고 하수는 누렇다.

그대를 쫓아 죽어서 하수에 들어가서,

천년토록 하수 가운데의 귀신이 되리라.

提壺公向何方,　　　止公勿渡公欲行.

婦人之言公不信,　　蛟螭縱橫河水黃.

從公死入河水,　　　千載同作河中鬼.

(『雲林集』卷下)

---

6) 위소(危素) : 1303-1372. 원명 교체기의 강서(江西) 금계(金溪) 사람. 자는 태박(太朴), 다른 자는 운림(雲林)이다. 오징(吳澄) · 범곽(范梈)에게 배워서, 오경에 통달하였다. 원나라 지정(至正) 년간에 경연검토(經筵檢討)에 제수되었고, 송 · 요 · 금 삼사를 편찬하는데, 참여하였다가, 한림학사승지가 되었다. 명나라에 들어가서는 한림시강학사(翰林侍講學士)가 되었다. 송렴(宋濂) 등과 더불어 『원사(元史)』를 수찬하였다. 뒤에 귀양가서 화주(和州)에 살다가 죽었다. 저서에 『위학사집(危學士集)』이 있다.

5

□ □ □ □ ■ ■ ■ ■

公無渡河

유기(劉基)[7]

장부는 죽음을 아끼지 않으니,

인을 이루면 마음이 편안하다.

아무 까닭 없이 목숨을 버리니,

슬프다! 한갓 스스로 죽는 것이로다.

물이 사람을 죽인다는 것 누구나 아는데,

임은 유독 미치광이나 바보처럼 까마득히 모르네.

황하는 넓고 넓어 가도 끝도 없는데,

그런데 그 물을 가로질러 건너려 하니,

공이 빠져죽은들 누가 슬퍼하리?

세상살이 어떠한가?

험악한 것이 실로 많도다.

평지는 잠깐이고,

하늘까지 넘실대는 풍파로다.

---

7) 유기(劉基) : 1311-1375. 원명 교체기의 절강(浙江) 청전(靑田) 사람. 자는 백온
(伯溫). 원나라 순제(順帝) 원통(元統) 년간에 진사가 되었고, 고안현승(高安縣丞),
강절유학부제거(江浙儒學副提擧) 등을 지냈다. 주원장(朱元璋)을 도와 여러 차례
공을 세우고, 명나라가 건국된 뒤에 성의백(誠意伯)에 봉해졌다. 홍무 4년에 홍문
관학사로 치사하였다. 뒤에 호유용(胡有庸)에게 참소를 받아, 울분 속에 지내다가
죽었다. 일설에는 호유용에게 독살되었다고도 한다. 시호는 문성(文成)이다. 경사
에 통달하였으며, 상위(象緯)에 정통하였고, 시문을 잘 지었다. 송렴(宋濂)과 더불
어 당대를 대표하는 문인이었다. 저서에 『부부집(覆瓿集)』 등이 있다.

이익이 되는 것 먹으려고만 하니,

누가 그 밖의 것을 알겠는가?

보지도 않고 듣지도 않으며,

종횡하고 망라하네.

진실로 임처럼 바보짓 할 필요 없으니,

물고기 속의 침에 찔릴 수 있다네.

또한 공처럼 미치광이 짓 할 필요 없으니,

복갑(伏甲)의 잔8)에 갇힐 수가 있다네.

눈앞에 말하고 웃으며 온갖 교태를 부린다 해도,

어찌 알랴! 칼날을 마음속에 감추고 있는 줄을.

공이여! 하수를 건너지 마오, 하수에는 나루가 없다오.

공후 한 곡조를 타니 근심스러워 죽겠네.

丈夫不愛死,	成仁心所安.
殞身苟無故,	哀哉徒自殘.
水能殺人人共知,	公獨茫然狂以癡.
黃河渺渺無津涯,	乃欲絶流而渡之,
公也溺死人誰悲.	
世路如何,	險惡實多.
平地倐忽,	滔天風波.

---

8) 복갑(伏甲)의 잔 : 조왕(趙王)이 복병을 해 놓고 고조(高祖)에게 잔치를 베풀었다. 고조가 거의 위태롭게 되었는데, 원주(元冑)의 도움으로 위기를 벗어났다. 여기에서는 위험한 줄 뻔히 알면서 물에 뛰어드는 일을 고조의 일을 빌어 묘사한 것이다.

利淫欲餌,　　　　　孰知其佗.
不見不聞,　　　　　縱橫網羅.
固不必如公之癡,　　可揣以魚中之鈹.
亦不必如公之狂,　　可禽以伏甲之觴.
眼前言笑百媚出,　　寧知兵刃羅心腸.
公無渡河河無津,　　箜篌一曲愁殺人.

(『誠意伯文集』卷1『覆瓿集』1)

6

□ □ □ □ ■ ■ ■ ■

箜篌引

고계(高啓)[9]

탁류가 마치 동쪽으로 쏟아 붓듯 바다로 흘러가니,

진졸은 배를 손질하며 아침에 가지 않네.

임이여! 병을 들고 곧바로 건너려 하니,

큰 소리로 임을 불러도 임은 돌아보지 않네.

굶주린 고래 탐욕스런 이무기 마음껏 삼키니,

마침내 깊은 연못이 높은 무덤이 되었네.

더 살려 하고 죽음을 싫어하는 마음 누가 없으리?

임은 유독 그렇지 아니하니 과연 미친 늙은이라네.

스물다섯 줄 공후를 타며 또 노래 부르니,

임은 지금 하수를 건너 장차 무엇 하려는가?

임은 지금 하수를 건너 장차 무엇 하려는가?

濁流赴海東若傾,　　　津卒刺船朝不行.

---

9) 고계(高啓) : 1336-1374. 명나라 소주부(蘇州府) 장주(長洲) 사람. 자는 계적(季迪), 호는 사헌(槎軒). 장사성(張士誠)이 오 땅에 웅거할 적에 오송강(吳淞江) 청구(靑丘)에 은거하며 자호를 청구자(靑丘子)라고 하였다. 여러 책을 널리 보았고, 시를 잘 지었으며, 특히 역사에 밝았다. 그의 시는 재력(才力)과 성조(聲調)가 다른 사람보다 뛰어나서, 원명 시기의 제일가는 대가가 되었다. 홍무(洪武) 초에 『원사』를 수찬하는 일에 추천되어 한림원 국사편수관에 임명되었다. 뒤에 호부우시랑에 발탁되었다. 저서에 『고태사대전집(高太史大全集)』 등이 있다.

公乎提壺徑欲渡,　　大聲呼公公不顧.
饑鯨饞蛟肆啖呑,　　竟以深淵作高墳.
貪生惡死誰不有,　　公獨不然果狂叟.
二十五絃彈且歌,　　公今渡河將奈何,
公今渡河將奈何.
(『高太史大全集』卷1)

7

ㄱㄱㄱ□□ ▪▪▪▪

公無渡河

주시수(周是修)[10]

태행산(太行山)[11]은 그 높이를 비할 데가 없고,

황하는 그 깊이가 끝이 없네.

산은 높고 길 없어도 오를 수 있지만,

물 깊은데 배 없으니 어떻게 가나?

임이여! 임이여! 그대를 어찌 하나?

머리를 풀어헤치고 병을 들고 하수를 건넌다.

하수는 깊어서 건널 수 없으니,

임이여! 하수를 건너지 말랬더니 그예 건너 가네.

거센 바람 하늘에 부니 지는 해만 외롭게 떠 있고,

미친 사람을 위하는 열녀는 어느 때에도 없었네.

원컨대 죽어서 임을 따라 임과 함께 하리니,

공후 타며 슬퍼하는 것 끝내 어찌 하려나?

---

10) 주시수(周是修) : 1354-1402. 명나라 강서(江西) 태화(泰和) 사람. 이름은 덕(德)
인데, 자로 행세하엿다. 어려서 고아가 되었으나 힘써 공부하여, 홍무 말경에 명경
(明經)으로 천거되어, 곽구현학훈도(霍丘縣學訓導)가 되었고, 건문(建文) 간에는
형왕부(衡王府) 기선(紀善)이 되었다. 경사에 머물 적에는 한림찬수(翰林撰修)에
참여하였다. 뒤에 연병(燕兵)이 경성에 쳐들어왔을 때, 목을 매 자결하였다. 일찍
이 고금의 충절에 관한 일을 모아서 『관감록(觀感錄)』을 지었다.

11) 태행산(太行山) : 중국 하남성(河南省)과 산서성(山西省)에 걸쳐 있는 산.

太行之山高莫比,　黃河之水深無底.
山高無路猶可登,　水深無船安可行.
公乎公乎奈爾何,　被髮提壺來渡河.
河水深不可渡,　公無渡河渡河去.
長風吹天落日孤,　狂夫烈女何代無.
願死從公與公俱,　箜篌所悲終何如.
(『芻蕘集』卷2)

8

□ □ □ □ ■ ■ ■ ■

誦曹子建「箜篌引」有感

황준(黃淮)[12]

원모양의 운행은 쉬지를 않아,
가로 세로 서로 얽혀 있네.
밤낮으로 마치 순환하는 것처럼,
묘한 변화 짜는 일 쉬지 않네.
비로소 봄꽃이 피는 것 보았는데,
문득 가을 낙엽 지는 것 눈에 들어오네.
스스로 어질고 밝은 무리 아니니,
어찌 능히 본말(本末)을 궁구할 것인가?
우산(牛山)은 어찌 그리도 슬픈가?
공후는 다시 슬픔을 일으키네.
인생에서 모이는 것 늘 있는 일이니,
떠나가는 것 어찌 의심하리오?

圓象運不息,　　　　經緯交相持.

---

12) 황준(黃淮) : 1367-1449. 명나라 절강(浙江) 영가(永嘉) 사람. 자는 종예(宗豫). 홍
무 30년 진사가 되었다. 영락(永樂) 때, 해진(解縉) 등과 더불어 문연각(文淵閣)에
숙직하였고, 우춘방태학사(右春坊太學士)에 올랐다. 뒤에 한왕(漢王) 고후(高煦)
에게 참소를 당하여 10년간 옥살이를 하였다. 홍희(洪熙) 초에 복관이 되었고, 조
금 있다가 무영전태학사(武英殿太學士)를 겸하였다. 벼슬은 호부상서(戶部尙書)
에까지 이르렀다. 저서에 『성건집(省愆集)』『황개암집(黃介庵集)』등이 있다.

晝夜如循環,　　妙化無停機.

始見春華榮,　　倐覩秋葉衰.

自非賢哲徒,　　疇能究端倪.

牛山一何戚,　　箜篌復興悲.

人生會有常,　　去去夫奚疑.

(『省愆集』卷上)

9

□ □ □ □ □ ■ ■ ■ ■ ■

公無渡河

주성영(朱誠泳)[13]

조선나루 가에 새벽 해도 차가운데,

바람이 불어 노한 물결 산보다 높다.

빠른 새도 앞으로 나아가지 못하고,

정부도 문득 붉은 얼굴 시드는 것 보았네.

교룡이 서리어 있고,

용은 엎드려 잠을 잔다.

오고가며 한 번 건드리면,

잠깐동안 배를 부셔버리네.

이것을 생각하면 천금보다 귀한 몸을,

그 누가 가볍게 버리겠는가?

조금 바람이 멎기를 기다렸다가,

이에 일을 해야 하는 법인데,

머리를 풀어헤친 늙은이 새벽에 병을 들고,

거센 물결을 바로 건너 어디로 가려고 하는가?

파도가 머리를 덮더니 마침내 물 속에 가라앉으니,

임이여! 임이여! 미친 짓이고 어리석은 짓이로다.

---

13) 주성영(朱誠泳) : 1458-1498. 명나라 종실. 호는 빈죽도인(賓竹道人). 태조 주전충 (朱全忠)의 두 번째 아들인 진왕(秦王) 주상(朱樉)의 현손이다. 홍치 원년에 진왕 을 습봉받았다. 시를 잘 지었고, 저서에 『경진소명집(經進小鳴集)』이 있다.

교룡이 피를 마시고,

용은 시신을 깨무네.

임이여! 하수를 건너지 말랬더니,

끝내 건넜도다.

지금 임이 이미 죽어버렸으니,

내가 무엇을 위해 살리오?

한 곡조 공후를 타고 임을 따라 죽으리니,

임이여! 임이여! 아는가 모르는가?

朝鮮渡頭曉日寒,　　風掀怒浪高於山.

疾鳥退飛不敢過,　　征夫乍見凋朱顔.

蛟蟠結,　　　　　　龍伏眠.

往來一相犯,　　　　俄頃碎舟船.

念此千金軀,　　　　誰能輕棄捐.

稍待風定,　　　　　斯可周旋.

被髮之叟晨提壺,　　亂流徑渡將焉如.

波濤覆首竟沈溺,　　公乎公乎狂且愚.

蛟飮血,　　　　　　龍齧屍.

公無渡河,　　　　　竟渡之.

公今旣死去,　　　　我何用生爲.

一曲箜篌爲公死,　　公乎公乎知不知.

(『小鳴稿』卷1 樂府)

10

公無渡河

이몽양(李夢陽)14)

1

물 속에 서리어 있는 이무기가 시내의 다리가 되니,
공이 뛰어나다 해도 형세는 오래 버틸 수 없네.
방어가 꼬리를 살랑살랑 흔들고,
천오(天吳)15)는 아홉 머리를 이고 있네.

盤螭作川梁, 功奇勢難久.
魴鰥尾屣屣, 天吳戴九首.

2

임이여! 하수를 건너지 마오,
하수는 깊으니 건널 수 없다오.

---

14) 이몽양(李夢陽) : 1473-1529. 명나라 섬서(陝西) 광양(廣陽) 사람으로 개봉(開封)에 옮겨가 살았다. 자는 헌길(獻吉), 자호는 공동자(空同子). 홍치(弘治) 6년에 진사가 되었고, 호부주사(戶部主事)에 제수되었다. 무종 때 상서 한문초(韓文草)를 위해 주소를 올려 환관 유근(劉瑾) 등을 탄핵하였다가 하옥되고 면직을 당하여 고향으로 돌아갔다. 유근이 주살된 뒤에 강서제학부사(江西提學副使)에 기용되었다가 대장(台長)을 능멸한 죄로 삭직 당하였다. 이후로 20여 년간 가거하다가 죽었다. 문풍을 진한 이전으로 복고하는 것을 자신의 임무라 하여, 하경명(何景明) 등과 전칠자(前七子)로 불렸다. 『공동자집』 『홍덕집(弘德集)』 등이 있다.

15) 천오(天吳) : 해신의 이름.

가운데 흰 바위가 있는데,

들쭉날쭉 높고도 또 높도다.

교룡의 아홉 머리에,

뿔이 있는데 우뚝하고 또 우뚝하고,

물결은 빙글빙글 흰 물결을 날린다.

임이여! 하수를 건너지 마오,

모래를 날리는 바람 저녁에 많이 분다오.

하백은 다리를 놓으려 두 이무기를 붙들어 매지만,

그대가 날개가 없으니 물 속에 빠지리.

물을 건너는 것 비록 즐겁다고 하나,

산과 언덕을 오르는 것만 못하리니,

아아아! 임이여! 하수를 건너지 마오.

公無渡河,　　　　河深不可渡.

中有白石,　　　　齒齒嶄嶄兮峨峨.

蛟龍九頭,　　　　戴角崢嶸兮礧磈兮.

水鱗鱗兮衝素波.

公無渡河,　　　　吹沙暮多風.

河伯築梁結兩螭,　汝無羽翼墮水中.

涉水雖可樂,　　　不如登山阿,

噫嗟嗟公無渡河!

(『空同集』 卷7 「雜調曲」)

11

ㄱ ㄱ ㄱ ㅁ ㅁ ■ ■ ■ ■

公無渡河

고린(顧璘)16)

원컨대 임께서 너른 바다를 건널지언정,

임께서는 하수는 건너지 마소서.

바닷물은 늘 일정하지만,

하수는 소용돌이가 많다오.

금제(金隄)17)는 상책(上策)을 잃어버렸고,

호자(瓠子)18)에서는 슬픈 노래를 남겼다오.

산과 언덕도 우당탕 울리니,

장차 임의 몸을 어찌 할건가?

백골은 누런 물결에 장사지내고,

자라와 악어로 변한다오.

저의 충고를 믿지 않으신다면,

용문나루를 한 번 보시기 바랍니다.

---

16) 고린(顧璘) : 1476-1545. 명나라 소주부(蘇州府) 오현(吳縣) 사람으로 상원(上元)
에 우거하였다. 자는 화옥(華玉), 호는 동교거사(東橋居士). 홍치 9년에 진사가 되
어서 광평지현(廣平知縣)을 제수받았다. 벼슬은 남경형부상서(南京刑部尙書)에
이르렀다. 어려서부터 재명(才名)이 있었고, 진기(陳沂), 왕위(王韋)와 함께 금릉삼
준(金陵三俊)으로 불리기도 하였다. 『식원(息園)』『부상(浮湘)』『산중(山中)』등
여러 시집이 있다.

17) 금제(金隄) : 일명 십리제(十里隄)라고도 함. 백마현(白馬縣) 동쪽 5리에 있다 함.

18) 호자(瓠子) : 뚝명. 한나라 무제 때 호자에서 황하가 터졌다 함. 백마현에 있음.

예로부터 배의 상앗대가 부러지면 바다에 빠지는데,

임은 지금 한갓 몸을 죽이려 하네.

몸을 죽이는 것도 또한 쉽지 않으니,

마침내 곁에 있는 사람에게 비웃음을 사네.

내 말을 임께서 듣지 않아,

임의 마음을 내가 알지 못하니,

공후의 곡조는 사람을 슬프게 하네.

願公渡滄海,　　不願公渡河.

海水有定性,　　河水多迴波.

金隄失上策,　　瓠子遺悲歌.

山陵且震蕩,　　將奈公身何.

白骨葬黃流,　　化爲黿與鼉.

不信妾言苦,　　請觀龍門津.

自古斷舟檝,　　公今徒殺身.

殺身亦不易,　　竟使傍人嗤.

妾言公不聽,　　公心妾不知,

箜篌之曲令人悲.

(『息園存稿詩』卷2 「樂府雜詩」)

12

□ □ □ □ ■ ■ ■ ■

公無渡河

하경명(何景明)[19]

임이여! 하수를 건너지 마오.

하수는 탁하여 해를 볼 수 없으니,

당신이 지금 갔다가 언제 나오려오?

임이여! 하수를 건너지 마오.

하수는 넓어서 끝이 없으니,

가서 돌아오지 않으면 진흙과 모래가 된다오.

과보(夸父)는 목이 말라 하수로 달려가 등림이 되어,[20]

지금까지도 무덤이 우뚝하게 전한다오.

하수 가운데의 교룡은 사람을 보고 좋아하니,

비록 배가 있다고 해도 누가 구할 것인가?

아아아! 임이여 하수를 건너지 마오.

하수를 건너다 죽는 것은,

---

19) 하경명(何景明) : 1483-1521. 명나라 하남(河南) 신양(信陽) 사람. 자는 중묵(仲默), 호는 대복(大復). 홍치 15년 진사가 되어 중서사인(中書舍人)에 제수되었다. 정덕 초에 유근(劉瑾)이 용사하자 병을 핑계로 고향으로 돌아갔다. 유근이 패망한 뒤에 중서에 추천되어 제수되었다. 벼슬은 섬서제학부사(陝西提學副使)에 이르렀고, 병으로 벼슬을 그만두고 집으로 돌아와 죽었다. 이몽양(李夢陽)과 문명을 나란히 날렸다. "문필진한, 시필성당(文必秦漢, 詩必盛唐)"을 주장하였다. 『대복집』, 『옹대기(雍大記)』 등이 있다.

20) 과보(夸父)는 … 되어 : 과보는 『열자』에 나오는 전설적인 인물로 해를 쫓아가다 가 목이 말라 동해바다를 모두 마셨으나, 목이 말라 죽었다고 함.

뭍에서 죽는 것만 못하다오.

아아아! 임이여 하수를 건너지 마오.

公無渡河!

河濁不見日,　　　　　汝今欲往何時出.

公無渡河!

河廣浩無涯,　　　　　往而不返化爲泥與沙.

夸父渴走成鄧林,　　　　至今邱塚猶岑崟,

河中蛟龍見人喜,　　　　縱有舟檝誰救爾,

噫嗟嗟公無渡河.

渡河而亡,　　　　　　不如陸死,

噫嗟嗟公無渡河.

(『大復集』 卷5 「樂府雜調42」)

13

□ □ □ □ ■ ■ ■ ■

箜篌引

심련(沈煉)[21]

임이여! 임이여! 내 말을 들으오,

하수는 거세게 흘러 물결이 일렁인다오.

몸을 사리고 발을 빼어 서쪽으로 건너지 마오,

하수를 건너다 죽으니 누구를 원망하랴?

하수는 어찌 그리도 탁하게 흐르는가?

높은 산 가에서 발원을 한다네.

산이 무너지고 시내가 말라도 그런가 보다 하지만,

시내를 건너다 죽은 이는 진실로 미친 사람이라네.

公乎公乎聽我言,　　河流洶湧波瀾翻.

斂身收足莫西渡,　　渡河而死誰煩寃.

河流何太濁,　　發源高山邊.

山崩川竭等閒事,　　渡河死者眞狂顚.

(『靑霞集』 卷4)

---

21) 심련(沈煉) : 1501-1557. 명나라 절강(浙江) 회계(會稽) 사람. 자는 순보(純甫), 호
는 청하(靑霞)이다. 가정(嘉靖) 17년에 진사가 되었다. 율양지현(溧陽知縣)에 임명
되었다가, 내직으로 들어가 금의위경력(錦衣衛經歷)이 되었다. 성품은 강직하여,
악을 원수처럼 미워하였다. 상소하여 엄숭(嚴嵩)의 10대죄를 탄핵하였다가, 도리
어 곤장을 맞고 변방으로 귀양을 갔다. 그곳에서 변방사람들과 어울려 엄씨 부자
를 욕하고, 풀로 인형을 만들어 놓고 자제들을 모아 그것을 활로 쏘게 하였다. 이
때문에 모함을 받고 피살되었다. 저서로 『청하집』이 있다.

14

□ □ □ □ ■ ■ ■ ■

箜篌謠

왕세정(王世貞)[22]

임이여! 하수를 건너지 마오,
너른 하수의 물결이 일렁거린다오.
임이여! 하수를 건너지 마오.
너른 하백은 어질지 않다오.
임이 이것을 모르고,
하수를 건너다 공은 빠졌네.
나는 임을 아니,
이 물결이 아니면 누구와 더불어 돌아가리?
아아! 슬프다!

公無渡河,	呇呇河波生鱗.
公無渡河,	呇呇河伯不仁.
公不知兮,	渡河而公溺之.
妾知公兮,	非玆流誰與歸.
嗚呼噫嘻!	

(『弇州四部稿』 卷6 詩部 「擬古樂府47首」)

---

22) 왕세정(王世貞) : 1526-1590. 명나라 소주부(蘇州府) 태창(太倉) 사람. 자는 원미
(元美), 자호는 봉주(鳳洲), 다른 호는 엄주산인(弇州山人). 가정 26년 진사가 되어
형부주사를 하였고, 벼슬은 형부상서에 이르렀다. 고시문을 좋아하여, 이몽양(李夢
陽)과 함께 문은 서한 이후의 것은 읽을 필요가 없음을 주장하였다. 이몽양이 죽은
뒤 홀로 20여 년간 문단을 이끌었다. 저서에 『엄주산인사부고』 등이 있다.

15

□ □ □ □ ■ ■ ■ ■

箜篌引

왕숙승(王叔承)[23]

임이여 황하를 건너지 마오,
황하는 임을 아끼지 않는다오.
황하가 오히려 괜찮다고 해도,
이 하백을 어찌할거나?

公無渡河,   河不公惜.
黃河猶可,   奈此河伯.
(『列朝詩集』丁集 제9권, p. 487.)

---

23) 왕숙승(王叔承): 명나라 소주부(蘇州府) 오강(吳江) 사람. 초명은 광윤(光胤)인
데 자로 행세하였다. 다른 자는 승보(承父)이고, 만년에 또 자를 자유(子幼)로 바
꾸고, 이름을 영악(靈岳)이라 하였으며, 자호를 곤륜산인(崑崙山人)이라 하였다.
어려서 아버지를 여의고, 과거시험 공부를 하지 않았다. 집이 가난하여 처가살이
를 하였으나, 장인에게 쫓겨나 아내를 데리고 본가로 와서 더욱 가난하게 살았다.
그 후 태학사 이춘방(李春芳)의 식객 노릇도 하고, 왕석작(王錫爵)과 포의교를 맺
기도 하였다. 그의 시는 왕세정(王世貞) 형제에게 높이 평가되었다고 한다.

16

□ □ □ □ ■ ■ ■ ■

公無渡河

온순(溫純)24)

임이여! 하수를 건너지 마오.

뭍으로 가는 길은 탄탄하지만,

아직 풍파가 있다오.

하수는 예측할 수 없으니,

소용돌이가 실로 많다오.

깊이는 헤아릴 수가 없고,

속에는 악어와 자라가 숨어 있다오.

사람을 보면 잡아먹기만 할 뿐,

그 밖의 일을 모른다오.

임이여! 하수를 건너지 마오.

비록 배가 있다고 한들,

배를 삼키니 어찌할 것인가?

장년에 놀라서 물러나는 것,

---

24) 온순(溫純) : 1539-1607. 명나라 섬서(陝西) 삼원(三原) 사람. 자는 경문(景文), 다른 자는 숙문(叔文), 호는 일재(一齋)이다. 가정 44년에 진사가 되었다. 수광(壽光)의 현령을 거쳐, 좌도어사(左都御史)에 이르렀다. 광세사(礦稅使)로 지방에 나가게 되었는데, 이르는 곳마다 여러 가지로 못된 짓을 하는 사람이 많았다. 여러 차례 소를 올려 보고하였으나, 답변을 듣지 못하였다. 대신들을 이끌고 대궐에 나아가 울면서 광세(礦稅)를 파할 것을 청하였다. 뒤에 재상 심일관(沈一貫)과 뜻이 맞지 않아 사직하였다. 시호는 공의(恭毅)이다. 저서로『온공의공집(溫恭毅公集)』이 있다.

마치 그물을 보는 것 같네.

편안하게 누워 있으면서,

술 마시고 노래하는 것만 못하네.

임이여! 하수를 건너지 마오.

公無渡河!

陸行坦坦,　　　　　尚有風波.

河水不測,　　　　　盤渦實多.

深不可厲,　　　　　內藏鼋鼉.

得人則食,　　　　　不知其佗.

公無渡河!

雖有舟檝,　　　　　呑舟奈何.

長年辟易,　　　　　如見網羅.

不如安臥,　　　　　飲酒高歌.

公無渡河!

(『溫恭毅集』卷18)

17

┌ ┌ ┌ ┌ ▪ ▪ ▪ ▪

箜篌引

우신행(于愼行)[25]

오늘의 술잔치 자리는,

그 즐거움이 진실로 다하지 않네.

높은 마루에 술동이와 안주를 벌여놓으니,

모든 자리의 분위기가 어찌 그리도 맑고 시원한가?

주방장은 진기한 음식 내오고,

맛있는 고기는 여러 그릇에 가득하네.

오나라 노래 술 마시는 가운데 흘러나오고,

조나라 비파 맑고 높게 울려 퍼지네.

음악은 마음과 귀를 뚫어주니,

슬픈 마음이 들어도 잔을 모두 비우지 않는다.

객이 되어서 일어나 길을 떠나니,

저 큰 길 곁에서 노니네.

거마는 마치 흐르는 물과 같고,

차고 있는 칼은 가을 서리처럼 차갑다.

---

25) 우신행(于愼行) : 1545-1607. 명나라 산동(山東) 동아(東阿) 사람. 자는 가원(可
遠), 다른 자는 무구(無垢). 융경(隆慶) 2년에 진사가 되었다. 만력(萬歷) 초에 수찬
(修撰), 일강관(日講官) 등을 역임하였고, 호부상서가 되었으며, 만력 35년에는 태
자소보겸동각태학사(太子少保兼東閣太學士)가 되었다. 시호는 문정(文定)이다.
학문은 백가를 꿰뚫었고, 장고에 훤하였다고 한다. 저서에 『곡성산관시문집(谷城
山館詩文集)』이 있다.

모시는 분 마음으로 좋아하는 분이라서,

애오라지 즐겁고 편안하다네.

귀한 집에는 예쁘고 어린 소녀도 많아,

허리를 굽혀 인사하며 환하게 웃네.

봄꽃이 아침 햇살에 빛나는 듯,

저녁에 바람을 맞아 하늘거리듯.

네 계절은 나를 버리고 가고,

해와 달은 저녁에 숨어 버리네.

사람이 땅 위에 사는 것은,

비유하자면 새가 마른 뽕나무에 모이는 것과 같네.

어찌 정과 뜻 가는대로 하지 않으랴?

마음껏 그대의 기량을 발휘해 보라.

마음을 품고 무엇을 망설이는가?

다만 달자(達子)를 위해 마음 아프게 생각한다.

今日斗酒會,	爲歡誠未央.
高堂羅尊俎,	四座何淸凉.
庖人出珍膳,	嘉旨充圓方.
吳歈中酒發,	趙瑟激淸商.
絲竹洞心耳,	悲至不盡觴.
爲客起行遊,	遊彼大道旁.
車馬若流水,	佩劍寒秋霜.
被服心所喜,	聊且爲樂康.
朱門多媚少,	磬折有容光.

春華耀朝日,　　　　夕暮從風揚.

四時舍我逝,　　　　日月暮相藏.

人生天壤內,　　　　譬鳥集枯桑.

何不適情志,　　　　恣君技所長.

含情欲何待,　　　　但爲達者傷.

(『穀城山館集』卷1「古樂府」)

18

□ □ □ □ □ ■ ■ ■ ■

公無渡河

우신행(于愼行)

임이여! 하수를 건너지 마오.

하수는 질펀히 흐르고,

잇닿은 산은 높도다.

번개 치고 비 내려 캄캄하니,

용백이 지나가는 듯하다.

배를 삼키고 톱 같은 이빨을 가진,

그 무리 무척이나 많다네.

임은 오리처럼 물에 뜨는 재주도 없으니,

어찌 파도를 헤엄치려나?

또한 보배 구슬이나 말도 없으니,

신의 조화를 흠모하네.

건넜다 하면 빠질 것이니,

임을 어찌 할거나?

잘 노는 것도 운수가 있으니,

임이여! 하수를 건너지 마오.

公無渡河!

河水湯湯,　　　　　連山嵯峨.

電雨晦冥,　　　　　龍伯來過.

呑舟鋸齒,　　　　其族孔多.

公無鼃躍之技,　　出沒濤波.

又無寶璧與馬,　　歆神之和.

往則沈溺,　　　　當奈公何.

善遊固有數,　　　請公無渡河.

(『穀城山館集』卷1「古樂府」)

19

□ □ □ □ ■ ■ ■ ■

箜篌引

호응린(胡應麟)26)

좋은 때는 대개 빨리 지나가니,

귀뚜라미는 벌써 침상에서 우네.

진실된 말로 친구를 불러다가,

맛있는 술을 중당(中堂)에 벌여 놓았네.

동쪽 이웃의 여인을 예쁘게 꾸미고,

남쪽 거리에서 이름난 창기를 부르네.

비단 옷은 바람 따라 하늘거리고,

비단 양말은 절로 휘날리는구나!

진나라 음악을 금석으로 연주하고,

초나라 곡조를 궁상에 맞추어 부르네.

맑은 이야기 빨간 노을처럼 무르익고,

아름다운 춤은 구름 옷을 입은 것 같다.

빗긴 석양 잠깐사이 서산에 지니,

밝은 달이 동쪽에서 떠오르네.

---

26) 호응린(胡應麟) : 1551-1602. 명나라 금화부(金華府) 난계(蘭溪) 사람. 자는 원서
(元瑞)이고, 호는 소실산인(少室山人), 다른 호는 석양생(石羊生)이다. 만력(萬歷)
년간에 거인(擧人)이 되었으나, 오래도록 과거에 합격하지 못하였다. 산 속에 집을
짓고 책 4만 여권을 사다가 널리 책을 읽었으며, 지은 책이 많았다. 일찍이 자신이
지은 시를 왕세정(王世貞)에게 보여 극찬을 받았다고 한다. 저서에 『소실산방유고
(少室山房類稿)』『소실산방필총(少室山房筆叢)』「시수(詩藪)」 등이 있다.

날듯이 가마를 타고 계단을 올라,

자리를 옮겨서 동방에 임하였네.

화려한 등불은 꽃다운 불꽃을 토해내고,

별자리는 맑은 빛을 내며 환히 비치네.

마음을 가다듬고 훌륭한 그 님을 생각하니,

사방의 자리는 모두 술잔뿐이로구나.

좋은 때 두 번 다시 만나기 어려우니,

아름다운 모임 어찌 늘 있을 것인가?

사람의 목숨 하루 아침처럼 다하니,

문득 사라지는 것이 빠르기가 가을 서리와 같네.

즐겁도다! 오늘의 잔치 자리여.

백세토록 오랫동안 기억하리.

良時率已邁,	蟋蟀鳴我牀.
眷言召親友,	旨酒羅中堂.
東隣飾妖女,	南陌招名娼.
綃衣隨風隨,	羅襪自飄揚.
秦聲被金石,	楚曲流宮商.
清談蔚霞爛,	妙舞若雲翔.
頹陽倏西落,	明月出東方.
飛軒歷層囿,	改席臨洞房.
華燈吐芳焰,	列宿澄清光.
齊心懷令德,	四坐咸盡觴.
芳辰諒難再,	嘉會詎可常.

人命一朝盡,　　　　奄速如秋霜.

樂哉今日宴,　　　　百歲遙相望.

(『少室山房集』卷4「樂府25首」)

20

公無渡河 三首

호응린(胡應麟)

1

임이여! 하수를 건너지 마오,
큰 하수는 물결을 날린다오.
긴고래는 산과 같고,
지느러미도 우뚝우뚝하다오.

公無渡河,   大河揚波.
長鯨如山,   鬐鬣嵯峨.

2

임이여! 하수를 건너지 마오,
조그만 배로 어찌 하려오?
하수는 만 길이나 파도가 솟고,
이무기와 악어가 출몰한다오.

公無渡河,   一葦奈何.
河水萬丈,   出沒蛟鼉.

3

임이여! 하수를 건너지 마오,
참소하는 말이 매우 많다오.
보지 못하였는가? 신도가,
돌을 지고 물에 몸을 던질 것을?

公無渡河,   讒言孔多.
不見申屠,   負石投河.
(『少室山房集』卷4「樂府25首」)

21

□ □ □ □ ■ ■ ■ ■

公無渡河

명광(明曠)[27]

임이여! 하수를 건너지 마오,

임이여! 내 노래를 들으시오.

어찌 끝장이 났다고만 생각하고,

그 밖의 일이 있는 것은 모르시오?

풍파가 눈에 가득한 것은 말할 것도 없고,

말을 하자니 두 눈에 눈물만 흐르네.

하수는 건널 수 없는데 이만한 일로,

임은 하수를 건너고자 하니 그대를 어찌 하리오?

公無渡河,	公聽我歌.
伊知有已,	靡識有他.
風波滿眼不可說,	說之雙淚徒滂沱.
河不可渡以此故,	公欲渡河奈爾何.

(正勉·性洞 同輯,『古今禪藻集』卷20「七言古詩」)

---

27) 명광(明曠): 명나라 때의 스님이겠으나, 자세한 것은 알 수 없다.

22

□ □ □ □ □ ■ ■ ■ ■

箜篌引

소범(邵飄)28)

너른 파도 해에까지 닿을 듯 하수는 거세게 흐르는데,
한 늙은이 머리를 풀어헤치고 미친 듯 달려간다.
자라와 악어가 먹을 것을 찾고 높은 물결 일렁이는데,
임을 부르며 건너지 말라 해도 임은 듣지 않는다.
중류에 사람도 없고 물은 문득 일렁이고,
시냇가에 부인은 시내를 마주보고 운다.
한스러워라! 내가 임보다 먼저 건지 못한 것,
임이 내가 죽는 것을 보았더라면 임은 마땅히 돌아갔으리.

洪濤射日河流渾,　　一叟披髮狂而奔.
黿鼉攫食翻層澐,　　呼公無渡公不聞.
中流無人水忽立,　　河邊婦人對河泣.
恨妾不渡公之前,　　公見妾死公當旋.
(『晚晴簃詩匯』, p.699.)

---

28) 소범(邵飄): 자는 무양(無恙)이며, 호는 몽여(夢餘)로, 절강(浙江) 사람이다. 건
륭 경인년에 과거에 합격하였고, 금궤현(金匱縣)의 현령을 지냈다. 저서로 『몽여시
초(夢餘詩鈔)』가 있다.

23

□ □ □ ⌐ ■ ■ ■ ■

聞笛, 夜雨, 倣王昌齡 「箜篌引」

왕개운(王闓運)[29]

이월의 쌀쌀한 봄날씨 하늘은 어제도 오늘도 흐린데,

차가운 비 온종일 내리니 근심은 깊어만 간다.

거센 바람 문 안에 불고 소리마저 스산한데,

단정하게 앉아서 속마음 털어놓을 길 없어 한탄한다.

그 때 밤은 깊어 구름은 짙게 끼었는데,

모르겠도다! 어느 사람 생각이 은근히 나는 줄.

누대에 올라 피리를 빗겨 부니,

객은 출새곡을 읊을 줄 아는구나.

노래 소리 쟁그랑거리는 패옥처럼 어우러지니,

어떤 사람은 오랑캐의 말이 교외의 숲을 넘본다 하네.

---

29) 王闓運: (1832-1916) 중국 근대의 학자·시인. 자는 임추(壬秋) 혹은 왕보(王父)
라고도 하였다. 만년에는 호를 상기(湘綺)라 하였는데, 당시의 사람들이 상기노인
(湘綺老人)이라 불렀다. 호남(湖南)의 상담(湘潭) 사람이다. 함풍(咸豊) 2년(1852)
에 거인(擧人)이 되었다. 태평천국의 난이 일어난 뒤에 증국번(曾國藩)의 막부에
있으면서 태평천국 등의 난을 진압하는 데 참모로서 활동하였다. 뒤에 증국번과
뜻이 맞지 않아 물러나서 강학에 전념하였다. 광서 31년(1908)에 천거에 의하여 한
림원 검토(檢討)를 특별히 제수받고, 시독(侍讀)이란 벼슬이 더하여졌다. 신해혁
명 후에는 국사관장을 맡으면서 겸하여 참정원의 참정도 겸하였는데, 원세개(袁世
凱)가 황제가 되려는 야심을 갖자 사직하고 귀향하였다. 그의 문장은 부·서찰·의
론·잠명·전기 등의 각종 체제를 포괄하고 있다. 그는 『춘추공양전』 등 경학에
관한 저작이 있고, 『장자주』 등 자서에 관한 저작이 있고, 『상군지』 등과 같은 사학
저작이 여러 종 있다. 이밖에도 『문집』이 8권, 『시집』이 14권이 있다. 문인이 그 저
작을 모아 『상기루전서』를 편집하였다.

장군은 용감하게 뭇사람들이 바라는 바를 해결하여,
어젯밤 오니 정기가 밝은 삼성에 나부끼네.
말하기를 적을 마치 새 잡듯이 깨뜨릴 것인데,
부곡에서 문득 이제서야 부른다고 하네.
휘장을 날리고 그림자도 피하며 남은 적 사로잡는데,
천자는 한갓 자리만 지키며 그 공을 기리지도 않네.
근래에 듣자 하니 부절을 빼앗고 해직시키니,
과거 시험 준비하던 사람들 횡재했다네.
옛적에는 스스로 귀하기가 구슬과 같았고,
조정에서도 신하들이 샘을 낼 정도로 중히 여겼네.
수레와 말을 달리면 더욱 당당하고,
비단 갑옷을 새로 내렸는데 또 담비 갖옷을 꿰맨다.
대신하는 사람 그 누가 한 마음을 가지고,
수레바퀴 자국처럼 획일적으로 하는 것 하삼에 비길까?[30]
강한 칼날과 저돌적인 기마를 타고 와서 찾으니,
날랜 군사들이 둘러싸고서야 높은 봉우리에 오른다.
지는 해를 바라보니 햇빛은 붉은 실과 같고,
또한 훌륭한 칼이 있어도 서릿발 같은 칼날을 감춘다.
주머니 속의 송곳이 밖으로 나오지 않으니 마치 매어달린 침과 같고,
높게 부르는 곡조 괴로워도 훌쩍거리지도 못한다.
초목은 슬퍼하고 한숨지으며 하늘은 어둑어둑한데,
도리어 돌아서 일어나 춤을 추니 마음은 높아진다.
목메는 소리 끊어지려 하고 밤은 깊어 가는데,

---

30) 미상.

내가 평소에 따지고 짐작하던 것을 생각한다.

소년 시절은 그림자처럼 지나 흔적조차 없고,

어제 저녁 처음으로 양기가 생기니 해는 바뀌었도다.

의기는 상당히 높은 벼슬아치를 벗삼으려 하고,

당시에 술이 취하여 이슬처럼 담담하였네.

봄바람이 살랑살랑 부니 뽕나무에 오디새가 울고,

신선의 피리 듣기에 기쁘니 칼철갑상어가 떠오네.

산호와 보배스런 구슬과 비취색 이불은,

한단(邯鄲)의 유협들이 마음으로 그리는 바라네.

백 번 두드리는 낭군은 응당 우는 다듬잇돌과 같고,

빠른 바람이 한 번 부니 장맛비가 날리는 것과 같다.

요즈음 천리의 강가를 생각하는데,

하물며 그윽한 생각이 있어 사람의 거문고 소리에 슬퍼함에랴?

나에게 답답하게 마른 좀을 따르라 하고,

대궐에서는 조서를 내어 상서로운 것과 요기를 맑게 한다.

노래를 지으려 생각하지만 노래는 용가마에 물붓는 소리 같고,

온갖 신령들이 발을 엿보아 앉아서 하품하고 읊조린다.

삼경에 급한 음악소리 들으니 눈물이 흐르고,

금석도 찢을 만하니 하늘인들 견디랴?

어찌하여 말도 없이 부질없이 떴다 가라앉았다 하는가?

그대를 위해 눈물 흘리는 일을 금할 수 없다.

春寒二月天連陰,　　　零雨經晝愁浧浧.

嚴風入戶聲相侵,　　　端然坐嘆無開襟.

其時夜黑雲森森,　　　不知何人思憒憒.

登樓吹作橫笛音, 　　客有能爲出塞吟.
抗聲和唱如鏘金, 　　或言虜騎窺郊林.
將軍勇決衆所欽, 　　昨來旌旗拂明參.
意說破賊如射禽, 　　部曲招要忽至今.
揚徽避影遺敵擒, 　　天子虛佇贊不箴.
近聞奪節免其任, 　　選賢貢才搜寶琛.
在昔自貴同玕琳, 　　朝廷重寄臣所忱.
車驅馬馳更駸駸, 　　錦甲新賜貂裘紝.
代者何人持一心, 　　畫一守轍方何參.
强鋒突騎來相尋, 　　貔貅坐擁登高岑.
就看落日光朱綬, 　　亦有雄劍韜霜鐔.
囊錐不出猶懸針, 　　高張調苦不能喑.
草木悲嘯天沈沈, 　　却旋起舞心崎嶔.
咽聲欲斷夜欲深, 　　念我平昔相量斟.
少年過影嗟乾淰, 　　往昔初陽歲辛壬.
意氣相當朋盍簪, 　　當時酒酣零露湛.
春風澹蕩啼桑鳲, 　　仙簫怡悅來浮鬵.
珊瑚寶玦翡翠衾, 　　邯鄲俠游情所歆.
百叩郎應如鳴砧, 　　疾風一瞥如飛霖.
近者千里懷江潯, 　　況有幽感哀人琴.
使我鬱鬱隨枯蟫, 　　紫宸詔發淸祥禖.
思爲作歌歌漑鬵, 　　百靈窺簾坐呿吟.
三更急響聞淋淋, 　　金石可裂天可諶.
何爲不語空浮沈, 　　爲君危涕不可禁.
(『湘綺樓詩集』권2, p.1197.)[31]

1

□ ▢ □ □ ▪ ▪ ▪ ▪

箜篌引

성현(成俔)[1]

구름 사이의 금봉황은 두 날개를 드리우고,

위에는 붉은 글씨 노생(盧生)의 기[2]가 있네.

번잡한 줄은 크고 작게 서른여섯 개,

맑은 향기 절로 일고 가냘픈 손가락 아름답네.

---

31) 이 『상기루시문집』은 상해고적출판사에서 1996년에 4권으로 간행한 책이다.

1) 성현(成俔) : 1439~1504. 조선 초기의 학자. 본관은 창녕(昌寧). 자는 경숙(磬叔), 호는 용재(慵齋)·부휴자(浮休子)·허백당(虛白堂)·국오(菊塢). 시호는 문재(文載)이다. 1462년(세조 8) 23세로 식년문과에 급제하였다. 1466년 27세로 발영시(拔英試)에 각각 3등으로 급제하여 박사로 등용되었다. 1476년 문과중시에 병과로 급제하여 부제학·대사간 등을 지냈다. 1493년에 경상도관찰사로 나갔다가 한 달만에 예조판서로 제수되었다. 성현은 연산군이 즉위한 후에 한성부판윤을 거쳐서 공조판서가 되었다. 1504년에 『용재총화 慵齋叢話』를 저술하였다. 죽은 뒤에 수 개월만에 갑자사화가 일어나서 부관참시(剖棺斬屍) 당했다. 저서로는 『허백당집』·『악학궤범』·『용재총화』·『부휴자담론 (浮休子談論)』 등이 대표적이다.

2) 노생(盧生)의 기 : 중국 당나라 때 심기제(沈旣濟)가 지은 「침중기(沈中記)」를 말한다. 이 작품 속의 주인공이 노생이다.

임이여! 건너지 말랬더니 그예 건넜으니,
머리를 풀어헤치고 병을 들고 없는 길을 찾네.
황급한 여옥이 길이 울부짖지만,
한 몸의 그윽한 원망 누구에게 호소할까?
부질없이 남은 악보 지금까지 전하지만,
창해는 아득한데 물안개에 저물어간다.

雲間金鳳垂雙翅,　　　　上有朱字盧生記.
繁絃大小三十六,　　　　清香自生纖指媚.
公無渡河公竟渡,　　　　被髮提壺覓無路.
倉皇麗王長呼咷,　　　　一身幽怨憑誰訴.
空餘樂譜傳至今,　　　　滄海茫茫烟水暮.
(『虛白堂集』「風雅錄」권2)

2

□ □ □ □ □ ■ ■ ■ ■ ■

公無渡河

성현(成俔)

땅을 엎을 듯한 큰 바람이 너른 파도를 일으키니,

너른 파도 넘실대며 높다란 흰 산을 만드네.

공은 조그만 배를 타고 만경창파를 건너니,

눈 깜짝할 사이 목숨은 추호와 같도다.

굶주린 교룡은 침을 흘리며 맹위를 떨치고,

물여우는 모래를 머금고 그림자를 잘도 쏜다[3].

물길이 험악하기 이와 같으니,

망언은 비록 없었으나 잠언으로 경계할 만한고,

공은 지금 의를 중히 여기고 목숨을 가볍게 버린다.

목숨을 버리면 끝내 의로운 이름을 보전하기 어렵네.

몸과 이름 모두 온전하게 함이 최고 영광이니,

나는 파리를 잡아 뜨거운 국에 던지지 마오.

공이여! 시내를 건너지 마오, 잠깐만 기다렸다가,

모름지기 내 벗과 함께 건너야 하리.

長風捲地吹洪濤,　　　洪濤翻作銀山高.

公隨一葉沂萬頃,　　　瞬息性命如秋毫.

---

3) 물여우는 … 쏜다 : 원문의 短狐는 물여우. 물여는 날도래과에 속하는 곤충의 유
충으로, 독기가 있어 모래를 머금었다가 사람을 향해 쏘면 종기가 생긴다고 한다.

飢蛟垂涎作威猛,　　短狐含沙工射影.
水途險惡乃如此,　　妾言雖無可箴警.
公今重義輕捨生.　　捨生終難保義名,
身名兩全爲上榮.　　莫學飛蠅投熱羹,
公無渡河宜少住,　　卬須我友當共渡.

(『虛白堂集』「風雅錄」권2)

3

□ □ □ □ ■ ■ ■ ■

箜篌引[4]

신흠(申欽)[5]

오늘 저녁이 무슨 저녁인 줄 아는가?

마침 내가 맑은 잔치를 벌였다네.

하물며 좋은 친구가 있어,

나를 찾아와 좋은 기약을 묻는 때랴?

좋은 기약이 바로 오늘이니,

손을 맞아 뜰 위로 인도한다네.

중정에는 북과 피리를 벌여놓고

상당에는 미인들 늘어앉았네.

돼지를 갈라 생강과 계피 곁들이고,

곰을 삶아 발바닥을 저며 놓았네.

즐겁게 이야기하는 일 평소에 원하던 것이고,

---

4) 국역『상촌집』의 주에는 이 글은 원곡과 내용이 다르다고만 하였다. 이글은 아마
   도 조조, 혹은 이백의 시를 본받아 지은 것으로 보인다.

5) 신흠(申欽) : 1566~1628. 조선 중기의 문신. 본관은 평산(平山). 자는 경숙(敬叔),
   호는 현헌(玄軒)·상촌(象村)·현옹(玄翁)·방옹(放翁). 1586년 승사랑(承仕郎)으
   로서 별시문과에 병과로 급제하였다. 1589년 춘추관 관원에 뽑히면서 예문관봉
   교·사헌부감찰·병조좌랑 등을 역임하였다. 1599년 장남 익성(翊聖)이 선조의 딸
   인 정숙옹주(貞淑翁主)의 부마로 간택되어 동부승지에 발탁되었다. 그 뒤 병조판
   서·예조판서·상호군(上護軍)·경기관찰사 등을 역임하였다. 1623년(인조 즉위년)
   3월 인조의 즉위와 함께 이조판서 겸 예문관·홍문관의 대제학에 중용되었다. 같
   은 해 7월에 우의정에 발탁되었으며, 1627년 정묘호란이 일어나자 좌의정, 같은 해
   9월 영의정에 올랐다가 죽었다. 저서 및 편서로『상촌집』·『야언(野言)』등이 있다.

금술잔에 술 부어 올리도록 한다.

못의 구름은 본디 증기로 변하고,

너른 바다 또한 농지로 일구어진다네.

인생은 백 년을 살 수가 없고,

그 백 년 동안도 쉽게 성하거나 쇠한다네.

맘에 맞는 일은 얻을 수가 없고,

즐거운 일은 손쉽게 바뀐다네.

이 때문에 옹문의 노래를 듣고,

전문이 눈물을 줄줄 흘렸었지.6)

오직 이 술잔을 다 기울여야 하니,

이 술잔도 다시 가지기 어렵다네.

술 먹는 일 끝내고 공후를 타니,

공후의 소리 바야흐로 슬프다.

今夕知何夕,	適我清燕時.
況有良朋來,	尋我問佳期.
佳期卽此辰,	迎客蕭軒墀.
中庭列鼓吹,	上堂陳娃姬.
擊豕和薑桂,	脢雄宰蹯肌.
懽言諧素願,	進以金屈巵.
澤雲固變蒸,	溟海亦耕菑.

---

6) 이 때문에 … 흘렸었지: 전문(田文)은 제나라 맹상군(孟嘗君)의 성명. 옹문주(雍
門周)라는 사람이 거문고를 타면서 부귀공명의 무상함을 슬피 노래하자, 맹상군이
비감하여져서 눈물을 흘렸다는 고사에서 나온 말이다. (『說苑』)

人生無百年,　　　百年易盛衰.
會心不可得,　　　樂事隨手移.
所以雍門謳,　　　田文涕漣洏.
唯當盡玆酌,　　　玆酌且難持.
酌罷調箜篌,　　　箜篌聲正悲.
(『象村集』권4)

4

□ □ □ □ ■ ■ ■ ■

箜篌怨

금각(琴恪)[7]

황하가 용문에 부딪히니,

놀란 파도 대낮에 소리친다.

날벼락이 치고,

천둥이 울리듯 하네.

어룡은 근심스럽고 풍이는 흐느끼며,

공후의 원망스러운 곡조, 누구를 원망하나?

머리를 풀어헤친 늙은이 미치고 또 어리석다.

그 험함이 이와 같으니,

옷을 떨치고 하수에 임해 무엇을 하려는가?

남들은 말리지 않고 아내만 말리니,

공이여! 건너지 말랬더니 애써 건넜도다.

---

7) 금각(琴恪) : 허균(許筠)이 『학산초담(鶴山樵談)』에서 그의 생애를 자세하게 말
하였다. "금각의 자는 언공(彦恭)이고, 본관은 봉성(鳳城)이다. 중형에게 12세 때
글을 배워 육경을 통하였고 자사제집은 두루 읽었다. 글 짓는 것이 전아하고 아름
다워 이미 작가가 되었다. 16세에 해외에 유학하였다가 복충증(腹蟲症)을 얻어 집
에 있으면서 『풍창낭화(風憁浪話)』를 지으며 심심풀이로 세월을 보내다가 무자년
에 죽었다. 죽는 날에 스스로 명을 짓기를, '봉성인 금각 자 언공은 9세에 글을 배
우고 18세에 죽는다. 뜻은 원대하나 수는 짧으니 운명이로다.'하였다. 『조대집(釣臺
集)』4권이 있다." 그리고 허균의 문집인 『성소부부고(惺所覆瓿藁)』권17에는 「금
군언공묘지명(琴君彦恭墓志銘)」이 있어 금각의 생애를 보다 소상하게 살필 수 있
다. (『국역 성소부부고』, 민족문화추진회, 1989. 『鶴山樵談』, p. 287)

빈손으로 호랑이 때려잡는 일은 가능해도,

걸어서 시내를 건너면 응당 빠져 죽으리.

공은 흘러 바닷가에 이르렀고,

저는 시내의 가에 있지요.

시내의 가와 바다의 가,

한 곡조 공후는 한없이 슬프네.

공후여, 공후여! 슬프고 원망스러운 마음 그렸으니,

슬프고 원망스러운 곡 가운데 길이 생각하네.

무리를 떠난 외로운 기러기 슬피 우는 밤,

수컷을 잃은 난새 울음소리 슬프다.

시냇물은 그 때문에 물결조차 잠잠하고,

시내의 구름도 그 때문에 가렸다가 걷히네.

긴 시내 흙을 모아다 메워야 하니,

이 원한이 어느 때나 끝이 있으랴?

黃河觸龍門,　　　白日驚濤喧.

霹靂相豗,　　　　雷奔電擊.

魚龍愁馮夷泣,　　箜篌怨怨何人?

被髮曳狂而癡.　　拂衣臨流欲奚爲?

其險也如此,　　　公無渡兮苦渡之.

人不知兮妻止之,　憑河應溺死.

搏猛虎尙可,　　　姜在河之涘.

公流海之湄,　　　一曲箜篌無限悲.

河之涘海湄,

箜篌箜篌寫哀怨,　　哀怨曲中長相思.
離郡獨雁酸嘶夜,　　失雄孤鸞哀其聲.
河水爲之靜其波,　　河雲爲之陰且晴.
長河尙可捧土塞,　　此怨何時有終極.
(『釣臺集』8))

8) 李家源,『朝鮮文學史』, 太學社, 1998. p. 691.

5

□ □ □ □ ■ ■ ■ ■ ■

公無渡河

김세렴(金世濂)[9]

흰머리 미친 사람 물에 빠져 죽으니,
공후를 한 번 탐에 그 소리 처량하다.
묻노니 누가 능히 이 곡을 타는가?
조선 진졸인 곽리자고의 아내라네.

白首狂夫溺水死,　　箜篌一彈聲凄凄.
借問誰能爲此曲,　　朝鮮津卒子高妻.
(『東溟集』卷2)

---

9) 김세렴(金世濂) : 1593-1646. 조선 중기의 문신. 본관은 선산. 자는 도원(道源). 호
는 동명(東溟). 22세에 생원·진사시에 합격, 1616년(광해군 8) 증광문과에서 장원
급제하여 예조좌랑이 되었으며, 시강원사서를 겸임하였다. 1636년 통신사가 일본
에 파견될 때 부사로 선발되어 일본을 다녀와 사간이 된 다음 황해도 관찰사로 부
임했으며, 1638년 동부승지를 거쳐 병조참지와 병조·형조·이조참의·부제학을
역임하였다. 1641년 늙은 어머니의 봉양을 위해 외직을 구하여 안변도호부사·황
해도관찰사를 지내면서, 『근사(近思)』『소학(小學)』『성리자의(性理字義)』『독서
록(讀書錄)』 등을 간행하고 향약을 실시하는 등, 도민의 교화에 힘썼다. 1644년 평
안도 관찰사로 옮겼다가 대사헌으로 조정에 들어가 홍문관제학을 겸임하였고, 바
로 도승지를 거쳐 호조판서로 군현방납(郡縣防納)의 폐단을 시정하였다. 만년에는
경서연구에 전력하였고, 문장이 아름다웠으며, 특히 시문에 능하였다. 그를 가리켜
김류(金瑬)는 '진학사(眞學士)'로, 정경세(鄭經世)는 '당대 제일의 인물'이라고 칭
송하였다. 저서로는 『동명집』『해사록(海槎錄)』 등이 있다. 시호는 문강(文康)이다.

6

□ □ □ □ ■ ■ ■ ■

公無渡漢[10]

이현석(李玄錫)[11]

오대산의 맥은 곤륜에서 나오고,

한수는 서쪽으로 홀로 바다로 들어가네.

진졸이 건넘에 누가 원망하고 한숨짓는가?

옥절을 갖고 교남으로 안찰을 간다.

학사는 곧 이름난 집안 사람이요,

각진 배는 여러 조상의 장부에 있던 것이다.

배들이 마치 삼베처럼 모여들고,

나그네는 배가 없고 개미는 평평한 모래밭에 모여든다.

해는 지고 길은 멀어 마음은 바보 같은데,

배에 가득하게 다투어 올라 무엇을 하려는가?

뱃속의 검은 기운을 누가 아는가?

공이여! 한강을 건너지 말랬더니 그예 건넜네.

---

10) "이백이 지은 공무도하의 운을 따라 짓는다 [次李白公無渡河韻]" (원주)

11) 이현석(李玄錫) : 1647(인조 25)~1703(숙종 29). 조선 후기의 문신. 본관은 전주(全州). 자는 하서(夏瑞), 호는 유재(游齋). 서울출생. 1675년(숙종 1) 증광문과에 을과로 급제, 이듬해 예문관검열에 보직된 뒤 삼사의 여러 벼슬을 역임하였다. 1682년 우승지가 되었으나 송시열(宋時烈) 등 서인의 예론(禮論)을 반대하다가 철원에 부처되었다. 1688년 다시 동래부사에 임명되었고, 이듬해 경상도관찰사, 1691년 동지중추부사, 1693년 춘천부사를 지냈다. 이듬해 청풍현감을 자원하여 나가 『명사강목(明史綱目)』을 저술하였으며, 그뒤 한성부판윤·우참찬·형조판서 등을 역임하였다. 저서로는 『명사강목』 24권, 『역의규반』 1권, 『유재집』 24권 등이 있다.

물이 배에 들어가니,

고기는 솥에서 끓는다.

곁에 있는 사람이 강가에서 울부짖는다.

중류에 이르러 침몰을 하니 산이 무너지는 것과 같다.

시신이여! 시신이여! 파도 사이에서 어지럽게 떠다니는데,

석양에 노래하고 춤을 추며 승상이 돌아온다.

五臺山脈出崑崙,　　漢水西流入海門.

津吏涉誰怨嗟,　　玉節按嶠南.

學士卽名家,　　方舟列祖帳.

檣楫簇如麻,　　行子無船蟻聚平沙.

日暮途遠心如癡,　　滿舫爭登欲奚爲.

舟中黑氣誰知之,　　公無渡漢苦渡之.

水入船魚沸鼎,　　傍人吲噪江之湄.

到中流沈沒若摧山,　　屍乎屍乎亂漂於波間,

歌舞夕陽丞相還.

(『游齋集』 卷7)

7

「二十一都懷古詩」「衛滿」

유득공(柳得恭)[12]

낙랑성(樂浪城)[13] 밖에는 물이 유유하게 흘러가는데

누가 알았으랴? 추저(萩苴)[14]가 한나라 제후인 줄을.

당년의 뱃사공 아내에게도 미치지 못하니,[15]

---

12) 유득공(柳得恭) : 1749~? 조선후기의 실학자. 본관은 문화(文化). 자는 혜보(惠甫)·혜풍(惠風). 호는 영재(泠齋)·영암(泠庵)·고운당(古芸堂). 진사 관(琈)의 아들이다. 영조 때 진사시에 합격하고, 시문에 뛰어난 재질이 인정되어 1779년(정조 3) 규장각 검서로 들어갔으며, 그 뒤 제천·포천·양근 등의 군수를 거쳐 말년에는 풍천부사를 지냈다. 저서로는 『경도잡지』『영재집』『고운당필기』『앙엽기』『사군지』『발해고』『이십일도회고시』 등이 있다. 『이십일도회고시』는 단군조선에서 고려에 이르기까지 4,000년에 걸쳐 우리 민족이 세운 나라의 21개 도읍지의 전도 및 변혁을 읊은 43편의 회고시로 되어 있다. 이 시에는 민족의 주체의식을 되새겨보려는 역사의식이 잘 나타나 있다고 평가를 받고 있다.

13) 낙랑(樂浪) : 원주에 "낙랑은 「한서(漢書)」에 「조선왕 만(滿)이 아들에게 전하여 손자 우거(右渠)에게 이르니 한(漢)나라의 망명한 사람들을 유인한 것이 더욱 많아졌다. 천자를 한번도 들어가 보지 않고 또 조서(詔書)도 받들려고 하지 않았다. 천자가 누선장군(樓船將軍) 양복(楊僕)과 좌장군(左將軍) 순체(荀彘)를 보내어 조선을 쳐서 평정하고 진번(眞番) 임둔(臨屯) 낙랑(樂浪) 현토(玄菟)네 군(郡)으로 만들었다.」하였고 「문헌비고(文獻備考)」에 「낙랑군의 치소(治所)는 조선현(朝鮮縣)인데 지금의 평양이라」하였다."이라 하였다.

14) 추저(萩苴) : 원주에 "추저는 「사기(史記)」에 「조선상(朝鮮相) 한음(韓陰)이 도망하여 한(漢)나라에 항복하니 봉하여 주저후(萩苴侯)를 삼았다」하였다."하였다.

15) 뱃사공 아내 : 원주에 "진리부는 고악부(古樂府) 금조구인(琴操九引)의 공후인(箜篌引)에도 또한 공무도하(公無渡河)라 하였는데 조선 진리(津吏)의 곽리자고(霍里子高)의 아내 여옥(麗玉)의 지은 것이다. 자고가 새벽에 일어나서 배를 수리하고 노를 젓는데 어떤 흰머리의 미친 사람이 머리를 풀어헤치고 병을 들고 흐르는 물을 건너려고 하였다. 그 아내가 따라오며 불러서 말렸으나 미처 따르지 못하

공후 한 곡조가 천추에 아름답도다.

樂浪城外水悠悠,　　　誰識萩苴漢代侯.
不及當年津吏婦,　　　箜篌一曲豔千秋.
(『二十一都懷古詩』「衛滿」2)

여 드디어 빠져 죽었다. 아내가 공후(箜篌)를 당겨 노래하기를, "임이여! 하수를 건
너지 말랬더니, 임은 그예 하수를 건넜네. 임이 빠져 죽었으니 임을 장차 어이하
리?(公無渡河 公終渡河, 公墮而死, 將奈公何)"하였다. 소리가 매우 슬프고 처량하
였는데, 곡조가 끝나자 자신도 또한 물에 던져 죽었다. 자고가 돌아와서 그 일을
여옥(麗玉)에게 말하니 여옥이 불쌍히 여겨 이에 공후(箜篌)를 당겨 그 소리를 전
하였다."라 하였다.

제3편 논평편

「공후인」 원가에 대한 논평

『공무도하』는 일명 『공후인』이라고 하는데, 악부의 옛 제목의 하나로 『악부시집』 가운데 「상화가사(相和歌詞)」 「상화육인(相和六引)」에 속해 있다. 이 시는 진나라 최표(崔豹)의 『고금주(古今注)』에 보인다. "「공후인」은 조선진졸인 곽리자고의 아내 여옥이 지은 것이다. 곽리자고가 아침 일찍 일어나 배를 수리하고 노를 젓고 있을 때, 어떤 흰머리의 미친 사람이 머리를 풀어헤치고 병을 들고 거세게 흐르는 물을 건너려고 하였다. 그 아내가 따라와 부르짖으며 말렸으나, 미치지 못하여 마침내 물에 빠져서 죽었다. 이에 공후를 당겨 타면서 공무도하의 노래를 지었다. 소리가 매우 서글프고 처량하였는데, 곡을 마치자 자신도 하수에 몸을 던져 죽었다. 곽리자고가 돌아와서 그 이야기를 아내 여옥에게 해주었더니, 여옥이 매우 가슴아파하였다. 공후를 당겨서 그 소리를 그렸더니, 듣는 사람이 눈물을 흘리며 흐느끼지 않는 사람이 없었다." 이것으로 보건대, 이 시는 늙은이가 물에 빠지자, 그 아내가 슬퍼한 비극적인 작품이다.

이 시는 4구 16자로 된 매우 짧고 작으며, 언어가 질박한 시이다. 그러나 그것은 시대를 초월하고 계급을 초월하여 역대 독자의 심금을 울리며 강렬한 공명을 불러일으킨다. 원인이 어디에 있는가? 그 작품이 전형적으로 인생 무상의 비극적 정서를 표현하고, 그 작품의 매우 짙은 비극적 분위기가 사람들의 연민과 동정을 불러일으키기 때문이다. 늙은이가 미친 듯이 물로 달려들어가고 늙은 아내가 급히 쫓아가며 말리는 슬픈 광경과 늙은이가 물에 몸을 던지고 늙은 아내가 슬피 울부짖는 처량한 소리를 마주하면서, 누군들 슬퍼하며 주인공의 비극적인 운명에 대해 깊은 관심을 기울이며 그 이유가 무엇일까 궁금해하지 않겠는가? 당나라 사람 왕건(王建)은 같은 제목의 시에서 "다행스럽게도 시퍼런 칼날 앞으로 내몰지도 않았는데, 어찌하여 자신의 몸을 스스로 강물 속에 버리는가? [幸無白刃驅向前, 何用將身自棄捐.]"이라고 말하였다. 표면적으로 보면 늙은 아내가 따라가며 말리기만 하고, 악한 사람이 무력으로 핍박하지는 않는 것처럼 보인다. 이는 곧 사람들이 깊이 살펴보아야 할 것이다. 살고 싶어하고 죽음을 싫어하는 것은 인지상정인데, 거대한 불행으로 인해 지극한 절망에 이른 경우가 아니라면, 누가 삶을 가볍게 여기며 세상을 버리겠는가? 늙은이는 어떤 사람인가? 왜 물에 빠져 스스로 목숨을 끊었는가? 이하(李賀)는 이러한 궁금증에 대해 다음과 같이 말하였다. "공이여! 공이여! 병을 들고 어디로 가려는가? 굴평이 상수에 빠져 죽은 것은 사모할 것이 못되고 [公乎, 公乎, 提壺將焉如? 屈平沈湘不足慕.]" "광부"는 미친 체하며 세상을 피해 사는 실의한 사람으로, 그가 병을 들고 물로 달려갔으니, 세상의 도가 쇠퇴한 것에 가슴아파하며 그것을 만회하기에는 힘이 부족하므로 굴원을 사모하여 같은 시를 짓게된 것이다. 그 뒤에 비록 흰 칼날로 핍박하는 일은 없었다고는 하나그 몸은 도리어 사회의 무거운 압력을 이기지 못하였다. 이처럼 물에 빠져 스스로 목숨을 끊은 일은 "온 세상이 모두 취하였으나 나는 홀로 깨어 있다[一世皆醉我獨醒]"한 사람이 필연적으로 돌아가는 것이니, 이것은 어두운 정치에 대한 항쟁이었다. 이 사건의 배후로부터 우리들은 통치자의 부패와 사회적 부패, 도덕의 타락, 세태의 무상함, 소인배의 득지, 정직한 선비의 재앙을 만남 등을 볼 수 있고, 왕조 말기의 시비가 전도되고, 음양이 뒤바뀐 엄혹한 현실을 볼 수 있다. "광부"가 물에 빠져 죽은 것은 초중경(焦仲卿) 식의 순정이 아니고, 굴원(屈原) 식의 순국이다.

우리들이 이 시에서 표현하고자 하는 것이 비극적인 정서라고 말하는 것은, "그것의 결말이 사람 마음속의 가장 진귀한 희망이 영원히 파멸되었다는 것" 때문이다. (뻬에린스키, 『시의 분류』) 우리들은 이것이 일종의 전형적인 정서라고 말하는 것은 그것이 구체적 사건을 초월하여 개별적인 것을 통하여 일반적인 것에까지 승화시켜서 보편적인 의의를 갖는 이치를 구현하였기 때문이다. 즉 희망이란 것은 인생에 있어서 배가 앞으로 나아가도록 이끌어주는 등대와 같은 것으로, 등대가 꺼져버리면 배가 침몰되기 때문이다. 이는 바로 그것의 예술적인 매력이 오랜 세월을 지내면서도 쇠하지 않은 오묘한 이치가 담겨 있는 것이다. 각종의 사회에는 모두 희망과 현실의 모순이 존재하며, 추구와 좌절의 현상이 있으며, 심지어 하나 하나의 사람도 모두 희망이 깨져버림으로써 고통을 낳는 것이 있다. 바꾸어 말하면, 인류 역사의 긴 흐름 속에서 한 사람 한 사람의 건전한 심리를 가진 사람의 마음속에는 모두 「공무도하」 식의 잠재 정서가 잠복해 있지만, 단지 정도의 경중이 있을 뿐이고, 충차의 심중이 있을 뿐이다. 따라서 이러한 잠재 정서는 일단 촉발되기만 하면 곧 심령의 깊은 곳에까지 울려 퍼지는 것이다. 만약 촉발의 매개가 문학작품이라면, 독자와 작품의 정감이 공명하는 현상이 나타나서 강렬한 미감의 효과가 나타나게 된다.

이 시가는 분량은 짧지만 내용은 치열하고, 말은 간략하면서도 뜻은 풍부하며, 기필이 우뚝하여, 마치 광풍이 갑자기 일어나는 것과 같고, 그리고 결미는 군세어서 마치 벽력이 내리치는 것과 같다. 앞의 원인을 서술하지 않았다면, 뒤의 소리를 기술할 수 없었을 것이다. 마치 급촉한 음절 뒤에 처량한 울음소리를 묘사한 것과 같으니, 당시의 정세와 딱 들어맞을 뿐만 아니라 예술 규율에도 부합한다. 사람의 마음을 울리는 효과가 있을 뿐만 아니라 또한 대들보를 삼일동안 감싸던 묘함을 갖추어서, 말은 천근한 듯하나 뜻은 깊고 멀어 뒷맛이 끝이 없다.

(王太閣, 『樂府詩鑑賞辭典』, 李春祥 主編, 中州古籍出版社, 1990. p.16)

작자미상의 「공후요」(후한)에 대한 논평

가) 이 작품은 한나라 때 시로서 악부고사의 잡곡가사에 속한다. 시인은 세상의 풍속이 천박하고 세태가 시세에 따라 변하는 것에 대한 감회를 펴는 데 있어서 인생에 대한 적극적 태도를 나타내었다.

전편의 입의를 보면, 작자의 의론은 소진(蘇秦)의 고사에서 나온 것 같다. 소진은 전국시대 낙양사람으로 자는 계자(季子)였다. 그는 귀곡자(鬼谷子)를 스승으로 삼아 종횡가의 학설을 배웠는데, 처음에 진나라 혜왕에게 가서 유세를 하였으나, 쓰이지 못하여 크게 실망한 채 진에 남아 있었다. 『전국책』에 다음과 같은 내용이 전한다. "진왕을 달래는 편지를 열 번이나 올렸으나, 유세가 받아들여지지 않았다. 그래서 검은 담비갖옷도 다 떨어지고 황금 백 근도 모두 써버려 자용이 모자라 진나라를 떠나 돌아왔다. 비쩍 마른 모습으로 터덜거리며 책 보따리를 지고 가노라니, 모습은 수척하고 얼굴도 검었다. 그리고 매우 부끄러운 모습이었다. 집으로 돌아오니, 아내는 짐을 내리지도 않았고, 형수는 밥을 하지도 않고, 부모도 더불어 이야기하지 않았다. 소진은 크게 탄식하여 말하기를, '아내도 나를 남편으로 생각하지 않고, 형수도 나를 시동생으로 생각하지 않고, 부모도 나를 자식으로 생각하지 않는구나!'라고 하였다......" 그가 조나라 왕에게 유세하여 성공하여, 장차 초나라 왕을 유세하러 가려고 했을 때, 마침 낙양을 지나가게 되었는데, 또 다음과 같은 일이 벌어졌다. "부모가 그 소식을 듣고, 집을 깨끗이 청소하고 길을 닦았으며, 음악을 연주하고 술을 마련하였으며, 삼십 리 밖 교외에까지 나와서 맞이하였다. 아내도 아양을 떨며 바라보고 귀를 기울이며 들었다. 형수는 뱀처럼 기어다니며 네 번 절하고 무릎을 꿇고 사죄하였다. 소진이 말하기를, '형수는 어째서 전에는 거만하게 굴더니 지금은 비굴하게 구느냐?'고 하였더니, 형수가 말하기를, '막내 서방님의 지위가 높아지고 돈이 많아져서 그렇습니다!'라고 하였다. 소진이 말하기를, '아아! 빈궁하면 부모도 자식으로 여기지 않고, 부귀하면 친척도 두려워하는구나. 사람이 세상을 살아가는 데 있어 힘있는 자리와 많은 돈을 어찌 소홀히 하겠는가?'라고 하였다. 시인은 아마도 소진과 비슷한 운명을 만났던가 아니면 소진보다 더 심한 어려움을 겪었던 것 같다. 그에게는 "지위는 높고 돈은 많은" 영달도 없었기 때문에 가슴속에 무궁한 근심과 탄식이 응어리져 있었다.

　"벗과 사귐은 마음을 얻는 데에 있으니, 이렇게만 되면 골육보다 더 친하리.[結交在相得, 骨肉何必親.]"이란 것으로 보아, 작자는 어려운 처지를 당했을 때, 일찍이 자기를 알아주는 친구의 도움과 이해를 만났지만, 도리어 골육(부모처자의 직계친속을 포함한다)에게는 냉대와 꾸중을 들었는데, 이 일은 그가 친구와 사귐에 있어 관건이 되는 것은 서로 이해하는 것이라 느끼게 하였다. 이해하지 못하면 골육과 같은 지친도 친근한 관계가 될 수 없으니, 이것은 "가난하면 부모도 자식으로 생각하지 않는다"라는 뜻이다.

"달콤한 말에는 성실한 마음이 없는데, 세상 인심 박해지자 소진을 훌륭하다 하네[甘言無忠實, 世薄多蘇秦.]"이란 구절에서 볼 수 있는 것처럼 화려한 말은 허위적인 것이니, 사회상에서 사람과 사람 사이의 관계는 담박하여 곧 소진처럼 실망한 수많은 사람을 양산한다. 이것은 당시의 사회풍기를 채찍질하는 것으로, 사람들은 단지 감언밀어와 같은 솔깃한 말에만 즐겨 듣고 잠시 실의한 사람 즉 무엇인가를 하려고 하는 지식분자들에 대해서는 눈도 꿈쩍하지 않는다.

"바람을 따라 풀은 잠시 쓰러지고, 부귀했을 때는 하늘에 오르는 기분이라. 산꼭대기의 나무를 보지 못하였는가? 꺾이어 내려와서 땔나무가 된다네. [從風暫靡草, 富貴上昇天. 不見山顚樹, 摧扎下爲薪.]" 이것은 두 방면에서 인생의 가난과 부유함, 달려감과 넘어짐은 서로 바뀌는 것이라서 한마디로 정하기는 어렵다는 점을 비유하여 천명하였으니, 속어에서 이른바 "한평생의 일은 돌고 도는 것(六十年風水輪流轉)"이라는 뜻이다. 한 차례의 광풍이 불고 나면 작은 풀이 잠시 넘어지지만, 바람이 지나간 뒤에는 도리어 전의 모습대로 일어나니, "暫"자가 이러한 사실을 분명히 가리키고 있다. 부귀하여 득의했을 때는 하늘에 날아오르는 것과 같다. "승천"했을 때, 하늘은 허무하고 표묘한 것이고, 떨어지지 않는다는 보장을 하기 어렵다. 높이 올라가면 갈수록 아래로 당기는 힘도 무거우니, 이러한 객관적 현상은 산 위의 나무로 증명할 수 있다. 높은 산의 꼭대기에서 자라는 나무는 흔히 크고 무성하게 자라지만, 도끼에 잘려서 땔감이 된다. 인류사회도 또한 이와 같으니, 넘어진 것은 기어서 하늘로 올라갈 수 있지만, 높은 자리에 있는 것은 떨어져 "땔나무가 되는" 것을 면하기 어렵다. 작자는 자기의 어려움이 잠시라며 하루에 뒤바뀔 수 있는 것이라는 점을 암시하고 있을 뿐만 아니라, 이러한 믿음과 결심을 가지고 있다.

"우물 속의 진흙이 어찌 달게 생각하랴? 우물 위로 나와 먼지가 되는 것을. [豈甘井中泥, 上出作埃塵.]" 마음속으로 즐겁게 그리고 마음으로 원하여 우물 아래의 진흙이 되어 영원히 몸을 일으키지 않는 것은 어렵지 않은가? 마땅히 위로 올라가려 할 것이다. 만약 지면 위의 조그마한 먼지가 된다고 한다면 우물 속의 진흙에 비해서는 훨씬 나은데, 왜냐하면 먼지는 자유롭게 날아다닐 수 있기 때문이다. 마음속으로만 묵묵히 간직하여 아래로 가라앉는 것을 달게 여기지 않고, 펄펄 뛰어다니며 시험해보고자 하는 커다란 웅심(雄心)과 장지(壯志)가 말의 겉에 드러나 있다.

시인은 사회가 천박한 것에 불만을 느꼈지만, 인생에 대한 태도는 적극적이다. 그는 차갑고 막막한 현상에 대해 굴복하지 않고, 소진처럼 계속 분투하고자 하였다. 이러한 백절불굴의 정신은 후인이 배울 만한 것이며, 또한 이 시의 가치가 담겨 있는 부분이기도 하다.

시 가운데에는 "사람"이 나타나지 않았으나, 독자에게 옛날의 실의에 차서 기가 죽어 있었으나, 불굴불요의 군건한 의지로 분투하여 곤궁함을 이겨낸 지식분자의 형상을 소조하여 주었다. (田禾, 『漢魏晉南北朝隋詩鑑賞辭典』, 山西人民出版社, 1989. p. 1682.)

나) 이 시편은 『악부시집』 제87권에 수록되어 있는 「잡가요사(雜歌謠詞)」에 속해있는 악부고사이다. 이 작품이 지어진 연대는 자세하지 않으나, 『문원영화(文苑英華)』의 편차로 보면 양나라 유효위의 뒤에

있고, 녹흠립(逯欽立)의 『선진한위진남북조시(先秦漢魏晉南北朝詩)』에
는 「한시」 권10에 들어가 있다. 작품에서 반영하고 있는 현실과 언어
의 풍격으로 보아, 우리들은 이 작품이 동한(東漢) 후기의 순제(順帝)
이후부터 건안(建安) 이전에 지어졌다고 판단되니, 대략 「고시십구수
(古詩十九首)」와 동시대이다. 시편에서는 세풍과 인정이 메말라 마음
을 알아주는 벗을 얻기 어려운 사정을 반영하였고, 혼탁한 세상과 함
께 더러워지기를 거부하는 사상이 표현되어 있다.

시는 세 부분으로 나누어 읽을 수 있다.

첫 네 구는 서술과 의론을 아울러 하였는데, 독자를 향해 당시의
사회풍기와 작자의 교우관념을 소개하고, 양자 사이의 첨예한 대립
을 드러내었다. 동한 후기는 첨예하고 격렬한 정치투쟁에 따라, 이리
저리 떠돌아다니며 벼슬하는 풍기가 매우 흥성하여 전국후기의 소
진이 활동하던 시대와 매우 비슷하였다. 선비들은 높은 벼슬을 차지
하고 돈을 벌며, 명예를 차지하기 위해 종종 미련 없이 집안 일을 팽
개치고 오랫동안 밖에서 분주한 생활을 하였으니, 벗과의 우정 따위
는 돌아볼 겨를이 없었다. 당시의 사람들은 진중(陳重)·뇌의(雷義)가
서로 추중하고 영욕을 함께 하던 의리 있는 행위에 대하여 "교칠과
같이 아름다운" 것이라고 고도로 포상했던 사실과 관련하여, 곧 당
시의 진지한 우정이 정말로 귀했다고 하는 것을 알 수 있다. 이처럼
세풍이 메말랐던 시대에는 전국시대 종횡가였던 소진과 같이 한갓
아름답고 좋은 말만 할 뿐이지 실제로는 충성심이 없는 사람을 대량
으로 양산할 수밖에 없었다. 작자의 입장에서 보면, 벗을 맺는 중요
한 뜻은 마음속으로 서로 투합하여 서로 마음이 들어맞는 데에 있으

니, 반드시 무슨 친형제간이냐 아니냐 하는 것을 따질 일은 아니다. 작자의 이러한 교우 관념에 크게 영향을 미친 것은 도연명의 「잡시」 가운데 "세상에 태어나면 모두 형제인데, 하필이면 골육만 친하다 하랴? [落地爲兄弟, 何必骨肉親?]"으로, 대개 이것에 본을 두고 있다.

중간의 네 구의 서술한 뜻은 혼용되어 앞의 이야기를 펴서 이었다. 당시 그러한 떠돌아다니며 벼슬하는 풍속이 불던 상황 아래에서 전체 사회의 틀이 변해가고 있었다. 환관, 외척, 관료 등은 각각 커다란 정치세력화 되어, 중앙과 지방의 각 급의 관리는 모두 힘써 인재를 망라하여 자기의 세력 아래에 두고자 하였다. 그리하여 "관개가 문을 메우고, 유복이 길에 가득하여, 배가 고파도 먹을 겨를이 벗고, 피곤하여도 쉴 수가 없으며", "가는 사람을 배웅하고 오는 사람을 맞이하느라, 정자와 역은 항상 가득하여", 선비는 "그 부형을 떠나고, 그 마을을 떠나며", "남몰래 뽑아 영총을 도둑질하는 사람을 이루 헤아릴 수 없다."고 하였다. (인용문은 모두 徐乾의 『中論』 「譴交」에 보인다.) 이미 이러한 강대한 진용을 갖추게 되면, 다행히 "용문을 넘는" 사람도 자연히 적지 않았다. 그러나 작자의 입장에서 보면, 이들 사람들은 바람이 불어오자 쓰러지는 산의 풀과 같이 갑자기 일진광풍에 휩싸여 하늘로 날아올라 가면 곧 스스로 부귀를 얻어, 다른 사람에 비하여 하늘 높이 올라갔다고 생각하지만, 민간에서는 참을 수 없는 것이다. 작자는 이들 득의망형(得意忘形)의 인간들을 깨우칠 생각을 하지 못하고, 즉 너희들은 저 산꼭대기의 큰 나무를 보지 못하였는가? 그것들조차도 또한 흔들려 부러져서 사람들에게 땔나무가 되는 때에 하필이면 너희들 보잘 것 없는 작은 풀이랴?

"어찌 우물 속의 진흙을 달게 여기는가? 위로 나아가 먼지가 되리라."라고 하는 것은, 비판이 비판으로 돌아와 작자가 다시 현실 가운데로 돌아온 것이다. 그러나 현실은 진실로 사람을 질식시키니, 바로 눈 깜짝할 사이에 우물을 메워버리면 그 속에는 지저분한 진흙만이 가득한 것이다. 대장부가 어떻게 이러한 환경 가운데에서 편안히 살 수 있겠는가? 근 열렬히 외면의 광활하고 청결한 세계로 향하여, 차라리 밖으로 가서 한 알의 진흙이 되기를 바란다. 이러한 고양한 정신적 격조는 후세의 이들 정직하고 호매한 문사의 공명을 불러일으켰으니, 백여 년 후 좌사(左思)의 『영사(詠史)』5 가운데에서 "갈옷을 입고 여염을 나서지만, 고상한 걸음은 허유(許由)를 따른다. 천 길 높은 산허리에서 옷을 떨치고, 만리에 흐르는 물에 발을 씻는다.[被褐出閻閭, 高步追許由; 振衣千仞崗, 濯足萬里流.]"의 고상한 시구는 곧 이것과 일맥상통하여 선후에 휘황하게 빛난다.

종합하여 말하면, 시의 두드러진 특징은 순박하고 질실하다는 것이다. 전편이 기이한 글자나 꾸미는 말이 없이 마음속의 생각을 따라 입으로 나오는 대로 노래하고 어떠한 꾸밈도 빌리지 않았다. 그것을 읽노라면, 일반 시가 가운데 늘 있는 미요한 감정은 없고, 도리어 얼마간의 박졸함만을 느낄 수 있다. 그러나 자세히 음미해 보면, 졸열한 가운데 뛰어난 것이 숨어 있어 기이한 흥취가 담겨 있다. 작자의 정신적 품격 가운데의 그러한 높고 특이한 운치는 이러한 고박한 예술풍격을 거쳐서 독자의 가슴을 바로 때리니, 마치 황토의 고원에서 불어오는 시원한 바람을 맞는 것과 같다. 예술에 대해서 논한다면, 그것은 진실로 같은 시기의 「고시십구수」와 아름다움을 비교할 수는 없지만, 그 사상의 격조는 확실히 「고시십구수」가 훨씬 미치지 못한다. 이것은 당시 민가와 문인시의 두 가지 서로 다른 창작 경향--"일을 따라서 발하는 것[緣事而發]"과 "정을 따라서 아름답게 꾸미는 것[緣情而綺靡]"를 반영하는 것이다.

(張振元, 『樂府詩鑑賞辭典』, 李春祥 主編, 中州古籍出版社, 1990, p.78)

조식의 「공후인」에 대한 논평

가) 본시는 그 정서로 보면, 마땅히 조식이 젊었을 적에 업하(鄴下)에 있을 때 지은 것이다. 그 때 조조(曹操)의 사위(嗣位)가 정해지지 않았는데, 조식은 자못 세자가 되어야 한다는 중망을 입고 있던 터라, 많은 빈객을 초대하여 의기가 바야흐로 성하였었다. 조비가 즉위한 이후에는 곧 조식의 행동에 자유가 없어 이처럼 많은 친구들과 상종하는 것이 불가능하였을 것이고, 그 가슴속도 또한 이와 같이 호기가 있지는 못하였을 것이다. 「공후인」은 악부의 옛 제목으로 상화가사에 속하는데, 그 원시와 이 시는 서로 다르다. 고악부를 보면 「공후요」가 달리 있는데, 그 요지는 교우를 함에는 마땅히 시종이 있어야 한다는 것으로 바로 본시와 서로 비슷하기 때문에 전인 가운데에는 또한 본시도 마땅히 「공후요」라고 제목을 삼아야 한다는 사람도 있다.

시의 앞 16구는 성대한 잔치자리에 대해 갖추어 말하고 있다. 첫구의 "高殿"은 시 가운데의 주인을 밝히고 있다. 즉 시인 자기는 왕후의 자리에 있다. 다음 구절의 "從我遊"는 또 그가 여러 무리를 이끄는 기맥을 암시하고 있다. 2구는 보기에 말을 놓는 것이 평평한 것 같으나, 사실은 이미 기상이 평범하지 아니하니, 자건(子建: 조식의

자)의 신분에 있는 사람이 아니면 이렇게 말할 수 없다. 전각 위에는 좋은 술이 갖추어져 있고, 부엌에서는 또 풍성한 음식을 준비하느라 양을 삶고 소를 잡으니, 이 잔치자리는 사람을 사로잡기에 충분하다. 더욱 굉장하다 할 것은 자리 앞의 음악과 가무이다. 진(秦) 지방의 쟁, 제(齊) 지방의 비파는 그 소리가 높고 강개하기도 하고, 화평하고 온유하여, 사람들에게 이것을 듣게 하면 정신이 격앙되기도 하고 마음이 느긋해져서 미소를 머금기도 한다. 그 춤추는 여자들도 모두 조비연(趙飛燕)이 다시 태어난 듯하여, 춤추는 아름다운 자태가 사람들에게 기이하다는 생각이 들게 할 뿐만 아니라, 그 앵두 같은 입술로 노래하는 맑은 곡조가 또한 지난날 낙양성의 황제가 살던 전당에서 들려오던 명곡이 아닌 것이 없어 사람들에게 옛일을 생각하며 한동안 감탄하게 한다. 양아(陽阿)는 서한의 조비연이 원래 양아공주가 거처하던 곳에서 노래와 춤을 배웠던 일을 가리키는 것이지만, 여기에서는 춤추는 여자를 가리키고, 이것은 또 "京洛"과 교묘한 대구를 이룬다. 비록 이것이 평범한 지명이기는 하지만, 또한 시인의 장인 정신을 드러내 보여준다. 이러한 좋은 술과 맛있는 안주, 경쾌한 노래와 늘어진 춤이 어떻게 자리 위의 가까운 친척과 좋은 친구들을 즐겁게 하지 않고, 입맛을 크게 돋우지 않겠는가? 흥겹게 세 순배의 술을 마셔 술자리에서 평상적으로 지켜야 할 예의를 갖춘 뒤에 그들은 각각 허리띠를 풀어놓고, 체면을 따지지도 않고 배를 채우며 맘껏 먹고 마신다. 한편 주인은 손님을 사랑하여 많이 먹으면 먹을수록 기분이 좋아서, 우리들이 만약 이것들을 먹고 마시지 않는다면, 어떻게 그의 넘치는 아름다운 마음씨를 드러낼 수 있으랴? 먹어라! 이에 노

래하고 춤을 추며 옆에서 먹기를 재촉하고 술이 추하여 귀에 열이
오르는 나머지에 즐거운 잔치는 점점 고조되어 정점에 이른다. "傾庶
羞" 또한 곧 자리 위의 맛있는 안주를 남김없이 먹어치운다는 뜻이
다. 식성이 좋은 사람은 손님들이 얼마나 즐겁게 먹고, 주인은 이를
보며 얼마나 즐거워 하였던가를 상상해 볼 수 있다. 서수(庶羞)는 각
종의 좋은 안주를 말하니, "羞"는 "饈"와 통한다. 여기에서 흥겨운 잔
치가 끝날 수 있는가? 그렇지 않다. 아직 빈객들이 깜짝 놀랄 여흥이
남이 있는 것이다! 주인은 황금 천냥을 내어 여러 사람을 축수하기
위한 조그마한 예물이라고 말한다. 빈객들도 그것을 물리치는 것이
예가 아니라서, 절하고 받은 뒤에 충심으로 답사를 올린다. "군후께
서도 만수무강하옵소서." 마침내 작별을 할 때 여러 손님들이 길을
떠나기에 앞서 주인에게 인사를 한다. "결코 지난날의 우정을 잊지
않을 것이다. 친구와 처음에는 잘 사귀다가 나중에 멀어지는 그러한
일은 도의를 저버리는 일이라는 꾸지람을 받는 것이 마땅하다. 우리
들은 결코 그렇게 하지 않을 것이다." 손님들은 은혜를 받고 보답하
지 않으면 군자가 아니라는 것을 알고, 주인은 은혜를 베풀고 보답을
바라면 군자가 아니라고 생각한다. 그래서 그는 연신 겸손해 하며,
"보잘 것 없는 대접이라 입에 올리기도 부끄러운 일입니다. 나는 단
지 군자의 겸양지덕을 조금 아니, 이것 말고는 따로 구하는 것이 없
습니다."라고 말한다. 구요(久要)는 곧 오래된 약속으로, "要"는 "邀"
와 통한다. 경절(磬折)은 공경하는 모양인데, 몸을 경쇠처럼 구부리
는 것을 말한다. 잔치가 손님과 주인 사이의 간담상조(肝膽相照)하는
대답으로 끝을 맺으니, 주인은 어질고 손님은 훌륭하다는 것을 족히

볼 수 있다. 그들은 모두 지성으로 사람을 대하니, 술과 고기로 사귀
는 친구가 아니다. 이렇게 볼 때, 이 잔치자리는 진정한 잔치이며, 정
신이 극도로 가볍고 마음이 극도로 유쾌한 즐거운 잔치자리이다.

　여기에 그치고 말면, 이 또한 호탕한 장면이 있고, 정의가 넘치는
완전한 잔치자리를 그린 시라고 할 수 있다. 그러나 만약 겨우 이렇
기만 하다면, 이것은 건안문학이 아니다. "놀란 바람은 대낮에 불고,
밝은 해는 서쪽으로 달려간다. [驚風飄白日, 光景馳西流]"의 두 구절은
시 가운데에서 우뚝 솟아 기이한 봉우리를 이루고 있다. 즐겁게 모여
서 즐길 때, 누가 세월이 흘러간다는 것을 생각이나 했겠는가? 이는
자리가 파하여 사람이 흩어지고, 쓸쓸히 홀로 있을 때, 비로소 현란
하던 아침햇살이 참담한 태양으로 변하고, 따듯하던 바람이 뼛골에
스며드는 찬바람으로 변함을 갑자기 깨닫는 것이다. "경풍"은 바람
이 놀란 것을 말하는 것이 아니라 사람이 스스로 바람에 놀라는 것
이다. 이 놀람은 비록 시인을 깨우쳐주었을 뿐만 아니라, 시 전체를
놀라게 하고, 독자를 놀라게 하는 것이다. "驚"의 아래에 또 계속하
여 "飄" "馳" "流"로 이어졌으니, 이처럼 용솟음치는 자사는 사람들
이게 햇빛이 날로 희미하여지고 해가 서쪽으로 기울며, 세월이 수레
바퀴처럼 빨리 지나가고 물처럼 흘러가서, 눈앞에 저녁이 와 있으니
가무에 빠져 있지만 말라고 한다. 이러한 모든 것은 사람의 혼을 놀
라게 하는 것이다. 여기에 이르자, 슬프고 처량한 기분이 도도한 술
기운을 누르고, 쓸쓸한 바람소리가 노래 소리와 악기소리를 날려 버
리고, 생명이 너무나 짧다고 하는 근심이 만수무강을 빌던 축수를 압
도하여, 시 전체의 격조가 갑자기 크게 변하여 면목이 모두 나쁘게

변하였다. 이러한 바뀜은 극도로 갑작스런 것이고, 극도로 낯선 것이고, 극도로 불합리한 것이다. 그러나, 인생의 가치를 찾고, 생명의 의의를 탐구하는 건안 사람은 환락이 극에 달한 상황 아래에서도, 맹렬히 아름다운 시절은 짧고, 좋은 자리도 다시는 오지 않아, 백년을 산다고 해도 매우 빨리 끝자리에 도달하니, 지금 높고 아름다운 전각에서 맘껏 호사를 부려도 눈 깜짝할 사이에 초목과 함께 영락하여 거친 산야의 먼지가 될 것이다. 이것이 또 극도로 정상적이고, 극도로 자연스럽고, 극도로 정리에 맞는 감정이나, 이같은 생각을 갖지 않는다면 어찌 건안의 시인이라 하겠는가? 이 때문에 "성시" 이하의 네 구는 바뀌면 바뀔수록 슬퍼지고, 슬프고 처량한 기분이 사람의 목을 옭죄어 오는 것이다.

그러나 건안의 풍골은 "悲涼"한 것 이외에도 또 "慷慨"라고 하는 두 자가 더 있다. "앞 시대의 사람 중에 누가 죽지 않았는가? 사람의 운명이 이런 줄을 알면 또 다시 무엇을 근심하랴? (先民誰不死? 知命復何慢?)"는 곧 이러한 강개한 의기를 체현한 것이다. 선민들도 모두 죽는 것을 면하지 못하였으니, 나의 운명도 또한 장래에 이와 같을 것이다. 걱정을 하던 걱정을 하지 않던 이것은 숙명으로 정해진 것이다. 이와 같을진대, 낙관적으로 생각해서 주어진 생명에 충실하여야 할 것이다. 이 두 구절은 끝 구절의 드러난 뜻으로 비록 짧기는 하지만, 스스로 한 단락을 이룬다. 이로 말미암아 독자는 비로소 가운데 여섯 구의 슬프고 처량한 것이 결코 시인의 의기소침한 마음에서 나온 것이 아니고, 그가 기분 좋게 분명한 고통을 이야기하여 그 고통을 매장하고자 한 것임을 깨닫게 된다. 독자는 또 앞 16구의 즐거운 잔치가 결코 가운데 6구의 반대급부로서가 아니고, "復何憂"를 구체적으로 그린 것으로 근심과 걱정이 없기 때문에 맘껏 노래하고 멋대로 묘사한 것임을 깨닫게 된다. 이 두 구가 있음으로 해서 시 전체는 유기적인 전체가 되니, 뜻이 서로 상반되는 두 부분을 붙인 것이 아니다. 시인의 인생에 대한 사고와 시인의 낙관적인 정신, 그리고 시인의 거침없는 흥회가 모두 이 두 구 속에서 충분히 펼쳐져 있다.

 이 시는 조식의 초기 작품으로, 그 전후 두 부분은 조식시풍의 화려한 사채와 꿋꿋한 풍골을 드러내어 주어 더욱 중시된다. 시 전체의 강개하고 비감한 정신은 스스로 특색을 갖추고 있으니, 그것은 조조의 악부처럼 그렇게 침울하지 않다. 그러나 이 때문에 적극적으로 위로 나아가는 데에 주력하여, 생명을 재촉하는 도전을 시도하는 것처럼 보인다. 바꾸어 말하면, 그것은 "강개"의 성분은 많고 "비감"의 성분은 적다. 이것이 혹 소연 조식의 면모가 아닐는지? 이밖에도 이 시에는 변론하지 않으면 안 되는 곳이 있다. "구요"의 두 구절은 (본문에서 말한 것처럼) 빈객의 말이 아니고, 적어도 손님과 주인이 속마음을 공동으로 한 말이다. 후세의 꽉막힌 선비들이 이것을 알지 못하고, 이것을 조식이 여러 손님들에게 그와 함께 위난을 같이 하고, 공명을 함께 할 것을 바라는 것이라 말한다. 그렇다면 성대한 잔치자리에서의 천금은 거꾸로 의도적으로 재물을 가지고 사람을 유혹한 것으로 바뀌게 되니, 자건이 이러한 인품의 소유자인가? 또 이렇게 해석하면, 아래의 구절의 뜻과도 이어지지 않는다. 장구만을 외우는 유학자들이 이와 같이 단장취의 하는 사람이 많으니 정말 우스운 일이다.　(沈維藩,『漢魏六朝詩鑑賞辭典』, 上海辭書出版社, 1994. pp.257-258)

나) 「공후인」은 대략 건안 16년에서 21년 사이(서기 211-216년)에 지어졌다. 이 시기에 조식은 잇따라 평원후(平原侯)와 임치후(臨淄侯)에 피봉(被封)되어, 식읍(食邑)이 만 호에 이르렀다. 당시는 태자의 자리가 아직 정해지지 않아, 조식은 "우아하게 잘 지내면서도 강개하여, 저술이 매우 많았다.[雅好慷慨, 所著繁多]"였다. 업성(鄴城)에 있을 때 그의 주변에는 친구, 친척들이 분명히 적지 않았으니, 조식의 권귀가 번성하던 시기였다고 하겠다. 그는 "힘써 위로는 나라를 위하고, 아래로는 백성에게 은혜를 베풀어, 세상에 영원히 전할 업적을 세우고, 금석에 새길 만한 공적을 떨친다……"라는 이상을 실현하기 위해서, 그는 시 가운데에서 함축적으로 그가 친우들과 함께 공동으로 공업을 세우고자 하는 원망을 표현하였다. 손광(孫鑛)은 말하기를, "(이 시는) 잔치자리에서의 즐거움을 말한 것이 나라를 오랫동안 편안히 다스리고자 하는 뜻에서 나왔으니, 때가 오면 마땅히 건립하는 것은 단지 삶을 걱정하는 것뿐만이 아니다.[言歡宴之樂, 出于久安之義, 當及時建立, 無徒以懷生也.]"라고 하였는데, 이치에 맞는 말이다.

공후는 일종의 악기인데, 몸체는 구부러졌으면서도 길고, 스물 세 개의 줄이 있다. 「공후인」은 악부가사로서 상화가슬조곡(相和歌瑟調曲)에 속한다. 옛 제목의 본의는 한 여자가 물에 빠져 죽은 그녀의 남편을 애도하는 시인데, 공후로 음악을 연주하는데, 소리가 매우 슬프다. 뒤에 발전하여 「공후인」이라는 가사가 되었다. 조식은 "앞에 곡에 의거하여 새로운 노래로 개작하여" 옛날 시의 본의와는 이미 무관하니, 이 시를 지은 뜻은 자기의 사상과 감정을 표달하는 데에 있다.

전체의 시는 세 개의 층차로 나눌 수 있다. 황절(黃節)은 "처음에는 풍부한 음식을 즐겁게 마시며 손님과 주인이 성대하게 주고받음을 말하였고, 중간에서는 즐거움이 극에 달하여 슬퍼하면서 성시가 다시는 오지 않음을 한탄하였음을 말하였고, 끝에서는 명을 알아 근심하지 않는 데에 돌아감을 말하였다"고 하였는데, 대략 맞는 말이다.

"높다란 전각에 술자리를 마련하고 [置酒高殿上]"으로부터 "손님은 만년이나 살라고 대답을 한다[賓奉萬年酬]"에 이르기까지가 첫 번째 층인데, 조식이 친우를 잔치에 불러 즐겁게 마시는 성대한 광경을 중점적으로 묘사하였다. "높다란 전각에 술자리를 마련하고, 친한 벗과 함께 술을 마신다. [置酒高殿上, 親友從我游.]"는 전체시의 내용을 총괄하였다. 조식은 친우를 청하여 잔치를 벌이고, 친우들은 흥겹게 이르렀다. "從我游" 세 자는 친우가 그에 대한 사랑과 앙모의 정을 말한 것이고, 또한 시인 자기의 즐겁고 기쁜 마음을 체현한 것이다. 3·4구는 잔치가 벌어지기 전의 준비하는 모습을 묘사하였는데, 높다란 전각 위에 술을 마련하고, 양을 삶고 소를 잡아 풍성한 먹거리를 준비한다. 연회의 분위기가 고조되어 가자, 진쟁(秦箏)은 강개해지고 제슬(齊瑟)은 유화하며, 묘령의 소녀들은 날아갈 듯이 춤을 추고, 경락(京洛)의 이름난 곡조들이 귀에서 끊어지지 않는다. 이 때의 이 광경에서 어찌 취하지 않겠는가? 손님들은 술이 세순배 돌자 의관을 느슨히 풀어놓고, 마음껏 진수성찬을 맛본다. 손님과 주인이 술과 안주를 배불리 실컷 먹은 뒤에는 서로 건강하게 장수하기를 축원한다. 이 층에서는 조식과 친구들의 깊고도 두터운 우정을 지극히 묘사하였다.

"오래된 약속은 잊을 수 없고 [久要不可忘]"에서부터 "인생 백년은 문득 다가온다 [百年忽我遒]"에 이르기까지가 두 번째 층인데, 시인은 세월이 문득 지나 인생이 턱없이 짧음을 한탄하며, 친우들이 그를 도와 공업을 세우기를 바라는 마음을 중점적으로 묘사하였다. "구요(久要)"는 오래 전의 약속을 말한다. "박종(薄終)"은 "선종(善終)"할 수 없음을 가리킨다. 이 두 구절의 뜻은 오래 전의 약속은 잊어버릴 수 없고, 처음에는 잘하다가 끝맺음을 잘하지 못하는 것은 도의상 용인이 되지 않는다는 것이다. "겸손은 군자의 덕이지만, 허리를 굽혀 무엇을 구하려는가? [謙謙君子德, 磬折欲何求]"는 시인이 아래 선비들에게 겸손하게 대하는 군자로서 자처하는 것이 마치 경쇠와 같이 허리를 굽혀 몸을 숙이는 것은 무엇을 얻기 위한 것인가? 비록 시인은 묻기만 하고 답은 하지 않았으나, 다만 친구들에게 이전과 마찬가지로 자기를 도와 공업을 세우기를 바라는 원망이 그 속에 담겨 있다. "종아유"의 친구들은 자연히 마음속으로 시인의 이러한 마음을 안다. 이어서 작자는 이러한 의경을 더 한층 미루어서, 세월이 매우 빠른 것이 마치 빠른 바람 밝은 해를 밀어내어 서쪽으로 마차와 같이 가듯이 장성한 때는 다시 오지 않고 인생은 매우 빨리 지나가니, 이러한 상황 아래에서 어떻게 자기와 친우들의 이상을 실현할 것인가? 표면적으로 보면 세월이 빨리 지나가고, 인생이 짧음을 비탄해 하는 것 같으나, 실제로는 친구들에게 역사적 책임이 긴박함을 의식하게 하여, 세월을 헛되이 보내면 후회하게 될 것이라는 것을 진작시킨 것이다.

최후의 네 구가 삼층이 되는데, 명을 알아 걱정하지 않음을 묘사하였다. 앞의 두 구에서 말한 것은 예와 이제 사람들의 생사 규율이다. 생전에 얼마나 부귀하였던가와는 상관없이 죽은 뒤에는 산언덕에 장사지내지게 된다. 과거의 사람 가운데 누군들 죽지 않았겠나? 명을 알면 죽음이 어찌 근심하고 걱정할 것인가? 여기에서의 "知命"은 곧 생사의 이치를 통달한 것을 가리키니, 의를 위해 죽어 죽을 자리에 죽는다면 걱정하고 근심이 없으며, 공업을 세우기 위해 죽어도 원망이 없으며, 죽어도 걱정이 없다.

전체의 시를 총괄하여 보면, 시인은 고뇌가 있고, 우수가 있으며, 감탄이 있음을 알 수 있다. 단 그의 고뇌는 미래를 동경하는 가운데 일어나는 고뇌이고, 그의 우수는 이상적인 포부를 실현하기 위한 우수이며, 그의 감탄은 세월이 살같이 흐르고 공업은 이루지 못한 한탄이다. 시 전체의 감정에는 공업을 세워야 한다는 적극적이고 진취적인 정신이 흐르고 있다. "허리를 굽혀 무엇을 구하려는가? [磬折欲何求]"의 설문에는 구하지 않는 가운데 구함이 있음을 담고 있어, 일종의 숭고한 외침을 포함하고 있다. "천명을 아니 다시 무엇을 근심하랴? [知命復何憂]"는 근심하지 않는 것 같지만 또한 근심하지 않는 것이 없으니, 사람들에게 생사의 대의를 분명히 알 것을 재촉한다. 두 개의 설문구는 "놀란 바람은 대낮에 불고, 밝은 해는 서쪽으로 달려간다. [驚風飄白日, 光景馳西流.]"까지 일직선으로 꿰뚫었으니 웅혼한 감정의 깊이를 감상할 만하다. 결구 상으로 층층이 쌓여가고, 감정상으로 한 단계 한 단계 승화하여, 우리들에게 분명히 작자의 "이러한 임금을 도울 재주를 품고, 강개하여 홀로 무리에 속하지 않는다. [懷此王佐才, 慷慨獨不群.]"의 이상을 꿈꾸는 장지를 볼 수 있게 하는데, 이것이 대개 「공후인」이 지금까지도 사람들의 마음을 격동시키는 원인인 것이다.

(王萬伶, 『歷代中國詩歌名篇鑑賞辭典』, 農村讀物出版社, 1989. p.215)

이백의 「공후도하」에 대한 논평

가) 이백의 시작품 가운데에는 황하의 장관을 묘사하여 사람들에게 잊기 어려운 생각을 남겨주는 훌륭한 구절이 적지 않다. 예를 들면 "그대는 보지 못하였는가! 황하의 물이 하늘에서부터, 쏟아져 내려 한 번 바다에 이르면 다시는 돌아오지 못하는 것을. [君不見黃河之水天上來, 奔流到海不復回!]"(「將進酒」) "황하가 하늘에서 떨어져 동해로 달려갈 제, 만리의 나그네는 가슴 속에 그려 넣는다. [黃河落天走東海, 萬里寫入胸懷間.]"(「贈裴十四」), "서악은 우뚝우뚝 그 얼마나 장려한가, 황하가 실처럼 하늘 끝에서 흘러내려 오네. [西岳崢嶸何壯哉, 黃河如絲天際來.]"(「西岳雲臺歌送丹丘子」) 등이 그것이다. 「공무도하」도 마찬가지로 첫머리부터 우리들에게 "황하가 서쪽에서부터 곤륜산에서 시작되고, 만리를 포효하다가 용문에 부딪는다. [黃河西來決崑崙, 咆哮萬里觸龍門.]"의 장관을 묘사해 내고 있다. 여기에서 황하는 포효하고, 미친 듯이 달려나가는데, 그 기세가 매우 크고 넓다. "龍門"은 용문산을 가리키는데, 지금의 섬서성 서안(西安) 한성현(韓城縣) 부근으로, 황하가 이곳을 지날 때는 용문산이 황하의 양안을 끼고 있는데 높은 절벽이 우뚝 서있어, 거대한 물결이 흘러가는 기세가 매우 장관을 이룬다. 황하는 중국민족의 요람으로, 중국민족의 선조들은 이곳

에서 자라났다. "물결은 하늘에 닿을 듯하니, 요임금이 한숨 지며 걱정하였다. [波滔天, 堯咨嗟.]"는 전설상의 옛날 성군인 요임금이 하늘에 닿을 듯한 파도가 치는 황하를 보고, "아아! 사악(四岳)이여! 출렁출렁 넓은 물은 하늘에 닿고, 질펀하게 산을 감싸 안아 언덕을 이루었네. 백성들이 그것을 걱정하여 하여금 다스리도록 하였네.[湯湯洪水滔天, 浩浩懷山襄陵, 下民其憂, 有能使治者.]"라는 말로 감탄한 것이다. 이를 이어서 시인은 사람들이 비교적 잘 알고 있는 우임금이 치수를 하느라 집 앞을 세 번 지나가면서도 들어가지 못했다는 고사를 이용하여, 중국민족의 선조들이 황하를 다스렸던 커다란 공적을 묘사하여 "여울을 없애고 홍수를 묻어, 구주가 비로소 양잠과 베를 길렀다. [殺湍湮洪水, 九州始蠶麻.]"라 하였다. "그 해로움이 이에 없어졌으니, 아득히 날아가는 모래 바람과 같도다. [其害乃去, 茫然風沙.]"는 우임금이 황하의 물길을 소통시키고 급류를 다스려, 해로운 것을 이롭게 바꾸어 "구주(九州)"(중국을 가리키는 말)를 얻어 백성들이 편안하게 생업에 종사하면서, 농사짓고 길쌈하는 생활을 시작하였다.

그런데 그 다음에 갑자기, 시인의 필봉이 바뀌어 머리를 풀어헤친 미친 듯한 한 늙은이가 희뿌연 새벽안개 속에서 곧바로 거센 물살로 달려가는 것을 묘사하였다. 사람들은 당연히 그가 도대체 왜 그랬을까 하는 매우 놀라고 기이한 생각이 들게 마련이다. 그런데도 "곁의 사람은 애석해 하지 않았지만 아내는 말리고, 공이여! 건너지 말랬더니 애써 건너 버렸네. [旁人不惜妻止之, 公無渡河苦渡之.]"라는 것처럼, 아무도 그를 불쌍하게 여기지 않고, 다만 아내만이 그를 말릴 뿐이었다. "公無渡河"라는 것은 아내가 강렬하게 부르짖으며 내는 소리이다. 그러나 이 늙은이는 아내의 권고를 듣지 않고, 끝내 "어려운 물 건너기"를 시작하였다. "호랑이도 맨손으로 때려잡을 수 있으나, 시내는 맨 몸으로 건널 수 없다네. [虎可搏, 河難憑.]"이란 두 구절은 『시경』「소아(小雅)」「소민(小旻)」의 "감히 호랑이를 맨손으로 잡지 않으며, 감히 황하를 걸어서 건너지 않네. [不敢暴虎, 不敢憑河.]"라는 것을 뒤집어 이용하여 "虎可搏"이라 하면서, 황하는 건너기 어려운 것을 말하였고, 이 두려운 바가 없는 늙은이가 끝내 "물에 빠져 죽어 바닷가에까지 떠내려간다[溺死流海湄]"는 비극을 저지른 것을 묘사하였다. 이것은 "공무도하"라는 역사적 전설에 대해 한 걸음 심화시켜 묘사한 것이다. 전설에 의하면, 조선도(朝鮮渡)를 지키는 곽리자고가 일찍 일어나 배를 대어놓고 있을 때, 백발의 광부(狂夫)가 급류를 건너는데 그 아내가 말렸으나 미치지 못하여 남편이 시내에 빠져 죽었다. 그의 아내는 공후를 타면서 이 노래를 불렀는데, 그 소리가 매우 슬펐다. 곡을 마치자, 그녀도 또한 물에 빠져 죽었다.

최후의 세 구절은 머리를 풀어헤친 늙은이의 비극적인 최후를 묘사하여 "그곳에 흰 이빨이 눈 덮인 산 같은 큰고래가 있다네. 공이시여! 공이시여! 그 사이에 뼈를 거소서. [有長鯨白齒若雪山, 公乎公乎挂骨於其間.]"이라 하였다. 이러한 과장과 묘사는 비극적 분위기를 더하여, 사람들에게 깊은 인상을 남겨 주었고, 최후에는 시인이 "공후를 타며 슬퍼하는 바는 끝내 돌아오지 않았네. [箜篌所悲竟不還]"의 처량한 애탄을 내었다.

「공무도하」는 악부의 상화곡(相和曲)으로, 당경(唐庚)의 『당자서문록(唐子西文錄)』 가운데에는 "고악부에서 제목을 정하는 데에는 주장

하는 뜻이 있었으니, 뒤의 사람들이 악부로 제목을 삼는 사람들은 곧
바로 당시 그 사람을 대신하여 말을 지어야 한다. 예를 들면「공무도
하」는 모름지기 아내가 그 남편을 말리는 말로 지어야 하는 것이다.
그런데 태백과 같은 사람들은 더러 이 점을 잃었다. 오직 선비의「금
조」만이 그 체를 얻었다. [古樂府命題皆有主意, 後之人用樂府爲題者, 直
當代其人而措詞, 如「公無渡河」須作妻止其夫之詞, 太白輩或失之, 惟士之「琴
操」得體.]」라 하였다. 그래서 원나라 사람 소사빈(蕭士贇)은 "천지가
편안하여 상하가 평안할 때에 까닭 없이 하수를 걸어서 건너다가 죽
는 일은 이른바 스스로 죄를 지은 것이라 한다. 따라서 슬픈 일이기
는 하지만 애석해 하지는 않는다. 그러므로 시에서 이르기를, '곁의
사람들은 애석해 하지 않지만 아내는 말린다.'라고 하였다. 당시 옳
지 않은 사람이 스스로 몸을 던지는 것을 풍자해서 이것을 통하여
비유한 것이다. [當地平天, 成上下相安之時, 乃無故憑河而死, 是則所謂自
作孼子, 其亦可哀而不足惜也矣. 故詩曰, '旁人不惜妻止之', 諷當時不靖之人
自投, 借以爲喩云耳.]」라 하였다. 이러한 설법과 이백의 사상적 성격과
는 크게 일치하지 않는 것이다. 이백은 자유를 추구하고, 권귀를 멸
시하여, 그는 일찍이 다른 시에서 "나는 본래 초나라의 미치광이, 봉
황의 노래를 부르며 공자를 비웃네. [我本楚狂人, 鳳歌笑孔丘.]」라 하
였으니, 그 자신은 "安份守己"하는 사람이 아니었다. 그는 당나라 현
종 때 공봉한림(供奉翰林)을 지냈고, 당나라 왕조의 위기에 대해서
깨닫지 못한 것이 아니므로, 이 때문에 이백은「공무도하」를 빌어
"自作孼"의 걸어서 황하를 건너는 사람을 풍자한 것이라고 말하는
것은 근거가 없는 것이다.

이백은 「공무도하」 가운데에서 "미친" 황하를 건너는 늙은이의 형상을 그려냈는데, 응당 이것은 용감한 사람의 형상이고, 또한 실패한 사람의 형상이다. 이백의 일생은 전혀 뜻을 얻지 못했고, 그에게는 "일기충천"의 커다란 소원이 있었으나, 그의 재능이 당시의 통치계급에게 쓰이지 못하였고 도리어 그의 오만한 행동은 권귀의 참소와 훼방을 받았다. 이백은 「횡강사(橫江詞)」 가운데에서 또한 "공"의 형상을 출현시켜 "놀란 파도가 한 번 일어나자 세 산이 들썩이니, 공이여 황하를 건너지 말로 돌아오소서. [驚波一起三山動, 公無渡河歸去來!]"라 하였다. 미국의 학자 스티븐 오웬은 그가 지은 『성당시』 가운데에서 "시인의 진정한 목적은 결코 황하를 건너는데 있지 않고, 시인의 흥취가 있었던 핵심적인 것은 시인의 창조이다……이백의 득의한 곳은 바로 그가 가장 마음으로 사랑하는 제목 즉 이백이었다."라고 하였다. 이 때문에 「공무도하」 가운데의 머리를 풀어헤친 형상에는 곧 이백 자기의 그림자가 있는 것이다. 어떤 사람은 「공무도하」는 이백이 서기 751년 모험을 하며 유주까지 북상했던 일을 묘사한 것으로, "곁의 사람들은 애석해 하지 않지만 아내는 말린다 [旁人不惜妻止之]"는 이백의 계처 종씨가 그가 북쪽으로 올라갔던 일을 저지한 것이라 하는데, 일정한 이치가 있는 말이다.

악부의 『공무도하』는 본래 남편과 아내가 따라 죽는 순정을 읊은 것이므로 격조가 매우 슬퍼서 "듣는 사람들이 눈물을 흘리며 훌쩍이지 않는 사람이 없었다. [聞者莫不墮淚飮泣]"이라 하였다. 그러나 이백은 이 시에서 슬퍼하면서도 건장한 느낌을 읊었으니, 서쪽에서 흘러내려오는 황하의 장관을 묘사하기 시작하면서 만고의 성현이 요와

순을 그렸고, 이어서 맨손으로 호랑이를 잡고, 걸어서 황하를 건너는
기백을 가진 늙은이가 애써 황하를 건너는 형상을 묘사하여, 사람들
에게 "墮淚歍泣"과 "哭嗚嗚"의 느낌을 줄뿐이 아니었다.(이하, 공무도
하) 전편의 시는 울부짖으며 흘러 내려오는 황하에서 시작하여 슬프
고 애끓는 공후 소리로 끝을 맺어서, 사람들에게 이 광경을 차마 볼
수 없을 뿐만 아니라 그 소리도 차마 들을 수 없는 것이 바로 곁에서
일어난 것과 같은 느낌을 갖도록 한다.

(劉重一, 『樂府詩鑑賞辭典』, 李春祥 主編, 中州古籍出版社, 1990. p. 402)

나) 이 시는 이백의 대표작 가운데 하나이다. 우의가 심각하고 격
조는 분방하면서도 비장하며, 침울하면서도 통절하다. 원나라 때의
초사빈(肖士贇)은 이 시가 "당시의 부정한 사람이 스스로 천륜을 어
기는 것을 풍자하여 비유한 것이다"라고 하였다. 청나라 때의 진항
(陳沆)은 『시비흥전(詩比興箋)』에서 영왕(永王) 린(璘)의 일을 슬퍼해
서 지은 것이라고 했다. 시 가운데 흰머리로 강을 건너는 사람은 영
왕 린을 가리킨다. 곽말약(郭沫若)은 『이백과 두보』에서 이백이 린을
따르다가 죄를 얻은 뒤에 귀양가는 도중에 지은 것이라고 생각하였
고, 흰머리로 황하를 건너는 늙은이를 이백이 자신에 비유한 것이라
하였다. 근년에 안기(安旗)는 『이백연보(李白年譜)』에서 이 작품은 이
백이 린을 따르기 전에 지은 것이라 하였으나, 증거가 부족하므로 필
자는 곽말약의 설이 옳다고 본다.

시 전체는 3층으로 나뉘어 지는데, 일층은 첫머리에서부터 "茫然
風沙"까지이다. "黃河徐來"는 황하가 거꾸로 흘러 서쪽을 향하여 오

는 것을 말한 것인데, 이처럼 거꾸로 가고 반대로 베풀어지는 현상을 안록산(安祿山)의 난에 비유한 것이다. "崑崙"은 당나라 조정을 비유한 것이다. "堯"는 당나라 현종을 비유한 것이니, 그가 왕위를 그 아들 이형(李亨) 즉 당나라 숙종에게 양위하려 하였다. "舜"은 시 가운데에서는 드러나지 않으나 실제로는 숙종을 가리킨 것이다. "禹"는 천하병마대원수 숙종의 아들 광평왕(廣平王) 이숙(李俶)을 가리킨다. "여울을 없애고 홍수를 묻어 [殺湍堙洪水]"는 안록산의 반란을 평정한 것을 가리킨다. 이 층은 예술적으로 당나라 시대 안록산의 난을 전후한 사회상황을 개괄하였다.

제 2층은 "披髮"에서 "流海湄"까지이다. 생동감 있게 미쳐 황하를 건너려다 죽은 백발광부의 형상을 빚어냈었고, 동시에 그 아내가 남편의 어리석은 짓을 말리는 탁견을 표현하였다. 그 "妻"는 이백이 가장 늦게 얻은 부인 종씨(宗氏)를 가리키는데, 바로 옛날 재상을 지낸 종초객(宗楚客)의 손녀이다. 이백은 린을 따르기 전에 「별내부정(別內赴征)」이란 시를 지었는데, "문을 나서니 아내와 자식은 옷을 당기며, 서쪽으로 가시면 언제나 오느냐고 묻는다. 돌아올 때 만야 황금 도장을 차고 온다면, 소진이 왔을 때 베틀에서 내려오지도 않았던 일은 보지 않으리. [出門妻子强牽衣, 問我西行幾日歸? 歸來儻佩黃金印, 莫見蘇秦不下機.]"라고 하였다. 재상 집안의 딸인 종씨가 남편이 벼슬을 찾아떠나는 것에 반대하였음을 볼 수 있는데, 시 가운데 "공무도하"라는 말은 그녀가 남편을 말리는 천언만어를 개괄한 것이다. "搏虎憑河"는 이백이 린을 따르는 행위를 "賭命"으로 매우 위험한 것임을 나타낸 것이다. "공은 과연 물에 빠져 죽어 바닷가에까지 떠내려갔도다. [公果溺死流海湄]"라는 것은 이백이 영왕의 일에 연좌되어 심양의 옥에 갇혔던 것을 은밀히 비유한 것이다.

최후의 삼구가 제삼층이다. "長鯨白齒"는 이백이 옥에 갇힌 뒤 사회에서 "讒口嚻嚻"한 것을 비유한 것이다. 두보가 「불견(不見)」이란 시에서 "세상 사람들이 모두 죽이려고 한다 [世人皆欲殺]"이라 한 구절에서 보면, 당시의 "장경백치"는 냉혹하고 무정한 사람이 많다는 것이니, 진실로 세태의 염량이 차갑기가 "若雪山"과 같은 것이다. 아아! "그 사이에 그물을 거소서 [挂胃于其間]"은 이백이 심양(潯陽)의 옥에 갇힌 것 및 야랑(夜郎 : 지금의 貴州에 있는 현의 이름)에 쫓겨난 것을 비유한 것이다. 이 시는 쫓겨나는 도중에 쓴 것으로 당시 이백은 자기가 "途中遇赦"하리라고는 전혀 생각지 못하였기 때문에 시 가운데 "공후를 타며 슬퍼하는 바는 끝내 돌아오지 않았네. [箜篌所悲竟不還]"이란 말로 끝을 맺고 있다.

이 시는 이백 만년의 대표작품 가운데 하나로, 예술상 용광로에 활활 타오르는 것과 같은 경지에 이르렀다. 우선 시인은 고대 시가의 예술전통을 계승, 발전하여 옛것을 오늘날 되살려 썼다. 왕승건(王僧虔)의 『기록(技錄)』에 의하면, "상화가(相和歌) 슬조(瑟操) 삼십팔곡 가운데 「공무도하행」이 있다고 했는데, 즉 「공후인」이다."라고 하였다. 이백은 상화가의 곡조와 공후인의 고사를 이끌어다가 교묘하게 당나라 시대 안록산의 난 당시의 사회현실을 반영하고 자기의 "어리석음 때문에 그물망에 빠진 [以愚陷網羅]" 실수와 린을 따랐던 것에 대한 자책과 후회를 표현하였다. 옛 악부 곡조가 이백의 손에서 운용되어 마치 자기에게서 나온 것처럼 천의무봉하게 성공하였다. 다음으로 백발광부가 거세게 흐르는 황하를 건너려는 것으로 목숨을 걸었던 어리석은 자아의 형상을 빚어내어 사람의 마음을 흔드는 예술의 매력을 갖추게 되었다. 세 번째로 이 시는 만년의 실의에 차서 지은 것으로 비록 감정을 말한 것이 비장하고 착 가라앉아 있으나, 이백은 일관되게 웅위하고 분방한 낭만주의 풍격을 표현하였으니, 실제 이 작품은 우의가 심각한 맛을 보면 볼수록 더욱 맛이 있는 가작이다.

(牛寶彤, 『歷代中國詩歌名篇鑑賞辭典』, 農村讀物出版社, 1989. p. 470.)

송무(宋無)의 「공후인」에 대한 논평

본 시는 악부의 옛 제목을 썼다. 『공무도하』는 한나라 악부 가운데 가장 짧은 가사로 4언4구이다. "임이여 하수를 건너지 마오, 임은 끝내 하수를 건너네. 하수에 빠져 죽으니, 내 임을 어이할꼬? [公無渡河, 公竟渡河. 墮河而死, 將奈公何.]" 원래는 부부의 순정을 그린 작품인데, 이 작품은 그 뜻을 빌어서 권계하는 말로 지었다.

원나라 시대 사회는 민족적 모순이 첨예하던 때로 몽고족 통치자들이 기타의 각 민족사람들에 대해 폭력을 써서 통치하였고, 잔혹하게 인민의 반항과 투쟁을 진압함으로써 그 통치를 공고히 하였다. 문명정도가 가장 높고 동시에 가장 통치하기 어려웠던 한인들이 받은 압박은 가장 처참하였다. 그러나 군사 통치가 잔혹하면 할수록 각 민족 인민의 반항과 투쟁은 더욱 강렬해졌다. 원나라 시대를 끝내고자 인민들의 투쟁이 여기저기에서 끊임없이 일어났다. 원나라가 통치하던 80여 년의 기간 동안은 봉화가 사방에서 일어나 병화가 끊이지 않았다. 연약하고 무력한 한족의 지주계급의 지식분자들은 이미 인민들이 일으킨 커다란 기의 행렬에 끼이지 못하고, 또 세간의 전란이 빈발하자 사회가 극도로 불안정하여 생명의 안전조차 보장할 수 없었다. 이에 곧 첨예하고 격렬한 민족모순투쟁을 벗어나 세상밖에 은

거하며, 산수를 즐기고 명철보신하여 목숨을 연장하고자 환상을 하게 되었다. 이 때문에 원대에는 대량의 세도의 험난함을 한탄하며, 돌아가 은거할 것을 권하며, 은일사상을 드러내는 시가가 많이 지어졌다. 송무의 이 「공무도하」는 악부의 옛 제목을 모방하여 그 뜻을 넓혀 드러낸 것이니, 곧 이러한 유에 속한다.

기수의 4구는 "구룡이 연못 바닥에서 구슬을 다투니, 너른 파도가 만 길이나 산처럼 솟아오르네. 악어가 입을 벌리고 끔찍한 이빨을 드러내고, 모래를 머금었다 사람에게 뿜어대니 독화살 같도다. [九龍爭珠戰淵底, 洪濤萬丈涌山起. 鰐魚張口奮靈齒, 含沙射人毒如矢.]"는 공무도하의 원인을 풀어쓰고 있다. 한나라 악부인 공무도하는 곽무천(郭茂倩)의『악부시집』에서 끌어다 주로 쓴『고금주(古今注)』의 설에 의거하면, "「공후인」은 조선진졸인 곽리자고의 아내 여옥이 지은 것이다. 곽리자고가 아침 일찍 일어나 배를 수리하고 노를 젓고 있을 때, 어떤 흰머리의 미친 사람이 머리를 풀어헤치고 병을 들고 거세게 흐르는 물을 건너려고 하였다. 그 아내가 따라와 부르짖으며 말렸으나, 미치지 못하여 마침내 물에 빠져서 죽었다. 이에 공후를 당겨 타면서 공무도하의 노래를 지었다. 소리가 매우 서글프고 처량하였는데, 곡을 마치자 자신도 하수에 몸을 던져 죽었다. 곽리자고가 돌아와서 그 이야기를 아내 여옥에게 해주었더니, 여옥이 매우 가슴아파하였다. 공후를 당겨서 그 소리를 그렸더니, 듣는 사람이 눈물을 흘리며 흐느끼지 않는 사람이 없었다. 여옥이 그 소리를 이웃 여자인 여용(麗容)에게 전하고 이름을 「공후인」이라 하였다."라 한다. 백발광부의 아내는 그 남편이 격류를 가로질러 건너는 까닭에 대해 말하지 아니하였다. 송무(宋無)는 이 시제를 쓰고, 이 시의 뜻을 모방하여 이 시를 확충하여, 4구를 14구로 증가시켰다. 그러므로 「공무도하」의 원인을 밝히는 데에서 시작하여 아내를 대신하여 말을 하였다. 앞 2구는 커다란 시내의 가운데 물밑에서 이무기와 용이 구슬을 다투며 싸우기 때문에 수면의 파도가 만 길이나 솟아올라 지난날의 평정을 잃었다. 악어는 흉포하여 사람을 물어 고시 가운데에서 항상 그것을 수중의 못된 짐승으로 말한다. 이 뒤의 두 구절은 악어와 교룡이 싸우는데 물속의 악어도 역시 입을 벌리고 이빨을 갈며 모래를 머금고 사람에게 쏘아대며 요괴한 일을 일으킨다. 이 층은 하수가 흉하고 험하여 건널 수 없음을 매우 잘 묘사하였지만, 실은 어지러운 사회현실과 빈발한 전란으로 사람들이 편안히 살 수 없음을 비유하였다.

"차라리 높은 산에 오를지언정 물은 건너지 말지니 [寧登高山莫涉水]" 이하의 3구는 곧 한나라 악부의 "공무도하, 공경도하"의 각 구절의 뜻을 이어 밝히고 구불구불 아래 글을 이었으니, 수중이 이처럼 험하다고 말하였기 때문에 바로 건너지 말고 권하였다. "차라리 높은 산에 오를지언정 물은 건너지 말지니 [寧登高山莫涉水]"는 사람에게 산림에 돌아가 숨어살며 벼슬길의 명리를 다투는 일에 휘말리지 말라고 권하는 내용을 우의하였다. 이 구절 및 시 전편의 하수는 모두 당시의 험악한 사회현실에 대한 생각을 은밀히 나타낸 것이라고 할 수 있다. "하지만 공을 말릴 수 없다네[公不可止]"는 곧 가정해서 한 말이기 때문에 그 아래의 3구는 제일층의 반복해서 한 말과 조응하고 있다.

"하백은 교룡의 집에서 아내를 데려오니, 공이여 흰 구슬을 하백에게 드리지 마오, 공의 몸이 물귀신이 될까 두렵다오. [河伯娶婦蛟龍宅, 公無白璧獻河伯, 恐公身爲泣珠客.]" 이 층은 제일층의 교룡, 악어 가운데에서 하백으로 보태어 당시 서로 정벌하고 공격하여 죽이며 백성을 도탄에 빠뜨리게 하던 각 민족 통치자를 은밀히 가리킨다. "河伯娶婦"는『사기』「서문표전」에서 나왔는데, 여기에서는 하신과 교룡이 서로 싸우는 것을 가리킨다. "泣珠"는 고대의 전설고사이다. "읍주객"은 곧 교인인데, 신화전설에 의하면 바다 밑에 사는 괴인이다. 진나라 장화(張華)의『박물지(博物志)』에 지재하기를, "남해의 밖에 교인이 있는데, 물고기처럼 물 속에서 사는데, 옷감을 짜는 일도 그만 두지 않으며 그 눈은 능히 눈물을 흘리며 울 수 있다. 물 밖으로 나와서는 인가에 살며, 몇 일간 비단을 판다. 떠나갈 때, 주인에게 그릇 하나를 구한 뒤에 울어서 구슬을 쟁반에 가득 만들어 주인에게 준다."라고 하였다. "恐公身爲泣珠客"이라 한 뜻은 공 만약 고집을 피우며 권고를 듣지 않다가는 재난에 걸려들어 물 속에서 목숨을 잃을 수 있음을 걱정한 것이다.

최후 4구는 또 한 층이 된다. "공이여 시내를 건너지 말랬더니 공은 그러지 않아, 공이여 하늘을 원망하지 말지어다. [公無渡河公不然, 償公老命沈黃泉.]"의 2구는 제2, 3층의 뜻과 조응하여 권고를 듣지 않는 위험을 명확히 말하여 반복적으로 써서 강조함을 드러내었다. 이곳에 이르러 전시는 "공이 황천에 빠진 것이니, 공은 하늘을 원망하지 마오. [公沈黃泉, 公勿怨天.]"으로 결구를 맺었는데, 말이 원망하고 탓하는 내용을 담고 있으며, 규제하고 권하는 것이 직절하여 사람을 매우 감동시킨다.

이 시를 종합하건대, 함의가 은미하면서도 깊고, 용의가 좋으면서
도 써서 악부의 옛 뜻을 발휘하여 넓혀서 말하였다. 일반적으로 권계
하는 말로 가탁하였으나, 실은 현실을 반영하고, 사회혼란과 어두움
을 풍자한 뜻을 담고 있다. 언어의 풍격으로 말하자면, 박실하여 화
려함이 없고 유창하고도 자연스러우며, 반복하여 뜻을 펴서 이야기
하여 한 번 읊음에 세 번 탄식하게 한다. 감정이 혼박진지하고 근심
하는 가운데 분개하는 마음을 머금었으니, 또한 한나라 옛 악부의 정
수를 잘 얻었다고 할 만하다.

(韓石, 『樂府詩鑑賞辭典』, 李春祥 主編, 中州古籍出版社, 1990. p.16)

찾아보기

편역자 약력

1957년 경기 남양주 출생. 국민대학교 한문학과를 졸업하고, 한국정신문화연구원 부설 한국학대학원을 졸업하였으며, 성균관대학교 대학원 한문학과에서 박사학위를 취득하였다. 중국 무한대학 방문학자, 영국 쉐필드대학 방문교수 등을 지냈으며, 현재 경상대학교 인문대학 한문학과 교수로 있다. 논문으로는 박사학위논문인「서정한시의 의미표출 양상에 관한 연구」외 다수 있다. 역서로는『詩話叢林』상·하(까치, 1993)(공역),『朝鮮賦』(까치, 1994),『漢文文體論研究』(아세아문화사, 2000),『國譯 南冥集』(한길사, 2001)(공역),『大東韻府群玉』1-10책(소명출판, 2003)(공역),『천중절에 부르는 노래-단오』(민속원, 2003),『동류수에 머리 감고』(민속원, 2004),『은하수에 막힌 사랑-칠석』(민속원, 2004) 등이 있다. 저서로는『우리 古典 名文選』(高麗苑미디어, 1995),『漢詩의 意味構造』(法仁文化社, 1996),『漢詩와 四季의 花木』(敎學社, 1997) 등이 있다.

임이여! 하수를 건너지 마오

2005년 11월 21일 초판 발행

편역자 · 윤호진
발행인 · 김흥국
발행처 · 도서출판 **보고사**
등   록 · 1990년 12월(제6-0429)
주   소 · 서울시 성북구 보문동 7가 11번지
전   화 · 922-5120~1(편집), 922-2246(영업)
팩   스 · 922-6990
메   일 · kanapub3@chol.com
www.bogosabooks.co.kr
ISBN 89-8433-252-6(93810)